国家社科基金重大招标项目

"十四五"国家重点出版物
出版规划项目

湖北省公益学术著作
Hubei Special Funds 出版专项资金
for Academic and Public-interest
Publications

丛书主编 陈文新 余来明

民国时期中国文学史著作整理丛刊

中国文学史讲话

施慎之 著

郭皓政 刘嘉雯 整理

长江出版传媒 崇文书局

图书在版编目（CIP）数据

中国文学史讲话 / 施慎之著；郭皓政，刘嘉雯整理
. —— 武汉：崇文书局，2024.1
（民国时期中国文学史著作整理丛刊 / 陈文新，余
来明主编）
ISBN 978-7-5403-6590-5

Ⅰ．①中… Ⅱ．①施… ②郭… ③刘… Ⅲ．①中国文
学－文学史 Ⅳ．① I209

中国国家版本馆 CIP 数据核字（2023）第 200116 号

出 品 人　韩　敏
项目统筹　程可嘉
责任编辑　程可嘉　李　玮
责任校对　董　颖
装帧设计　甘淑媛
责任印制　李佳超

中国文学史讲话
ZHONGGUO WENXUESHI JIANGHUA

出版发行　长江出版传媒　崇文书局
地　　址　武汉市雄楚大街 268 号 C 座 11 层
电　　话　(027)87677133　邮政编码　430070
印　　刷　湖北新华印务有限公司
开　　本　880 mm×1230 mm　1/32
印　　张　6.625
字　　数　152 千
版　　次　2024 年 1 月第 1 版
印　　次　2024 年 1 月第 1 次印刷
定　　价　36.00 元
（如发现印装质量问题，影响阅读，由本社负责调换）

前　言

19 世纪末，伴随着现代教育体制下文学学科的建立，大量中国文学史教材和参考读物应运而生。经不完全统计，至 1941 年施慎之《中国文学史讲话》出版前，国内出版的中国文学通史已达 190 种左右，其中不乏学术名家的鸿篇巨制，如郑振铎《插图本中国文学史》等。在林林总总的中国文学史著作中，施慎之《中国文学史讲话》（以下简称《讲话》）只有短短 10 万字，乍看只是一本不起眼的小册子。该书体量虽小，内容却十分完整，其研究范围，上起先秦，下迄清末，诗、文、辞赋、词、曲、小说，诸体皆备，举凡重要的作家、作品，都予以简明扼要的点评。此书在"文""学""史"三方面都具备较高品格，不仅具有较强的可读性，而且学术立场鲜明，治史态度公允，时至今日，仍不失为一部优秀的中国文学史普及读物。

一

先谈谈《讲话》之"文"。《讲话》对"文"的重视，主要体现于三个方面：一是文风鲜活生动，亲切自然；二是重视引录作品，引文完整精湛；三是立足于文学本位，秉持纯文学观。

同样一部中国文学史，在不同作者笔下，可能会呈现出不同的面貌。这一方面与文学史本身的丰富多彩有关，另一方面，也与文学史编写者的知识功底、文学素养和写作目的有很大关系。某些专家学者写的大部头的文学史，普通读者看起来可能会感觉比较吃力。如果学养深厚的专家，能够用优美的文笔，在文学史长河中撷英取华，将其中最精彩的部分呈现给读者，阅读这样的文学史，无疑是精神上的极大享受。《讲话》就是这样一部著作，它虽然面向普通读者，但颇具"大家小书"的风范。

就文风而言，这部中国文学史虽然以《讲话》为题，但未必是一部真正的讲演稿，作者或许只是努力营造一种面谈的氛围而已。该书作者不肯板起面孔去作学院派的高头讲章，而是娓娓道来，语言清新流畅，给人以亲切之感。同时，《讲话》也不哗众取宠，语言没有轻佻浮夸之弊。其行文绝不拖泥带水，而是开门见山，简明扼要，内容充实，言之有物，真正实现了文与史的完美结合。"言之无文，行而不远。"文学史是关于文学的历史，而文学是语言的艺术。治文学史者，也应注意语言表达的方式，尽量用恰当生动的语言向读者传达出文学的美感。《讲话》很好地做到了这一点。

《讲话》不仅在语言形式上重"文"，在内容方面同样体现出对"文"的高度重视。它在有限的篇幅内，尽可能完整地收录了文学史上的名篇佳什。施慎之在编写这部《讲话》时，十分重视引录作品，并尽量保持引录作品的完整性。他在《引言》中指出："引录代表作家的著述，以窥见这一时代作品的精神和形式，这是很重要的事。"并且"引录最好不要割截，俾窥全豹"。然而，作者的这一片苦心，受到全书篇幅的限制，并不能完全付诸实施。为此，施慎之采取的办法，是只引录"少数可为代表的""极精湛的作者"的作品。"不重要的作家，不过一提姓名"，一语带过。引录作品时，尽量保持完整，但限于篇幅，"在无可奈何中有一部分作品的引录，也只好割取片段了"。《讲话》篇幅虽短，收录的作品却不少，且大都是精挑细选的经典之作。因此，《讲话》既是文学史，也可当成一部微型的作品选来读。《讲话》较好地处理了文学史与文学作品选之关系，通过引录作品，让文学史变得有血有肉，富有温度。

在文学史的编写过程中，编写者有时会偏离作品这一中心，要么过分强调知人论世，以作家研究、时代研究取代作品研究；要么重理论轻创作，以论代史。受此影响，作家生平、时代背景、文学主张等在文学史上占据了大部分篇幅，作品反而成了可有可无的点缀。当然，中国古代文学名篇佳作浩如烟海，篇幅长短不一，文学史著作容量有限，难以大量引征。将作品从文学史中剥离出来，另编为文学作品选，这种做法，其实是无奈之举。然而，有不少读者，奉文学史为教条，不去认真研读作品。包括一些大学中文系的学生，为应付考试计，舍本逐末，只背文学史上的条条框框。如此一来，历史便成了被抽干血肉的僵尸。冰冷抽象的理论，取代了鲜活灵动的历史现场，而读者也难免有矮人观场，拾人唾余之讥。

《讲话》充分认识到引录作品的重要性，在引录作品时，也是煞费苦心的。《讲话》中，引录作品的数量，与时代、文体、作家的文学史地位等都有关系。一般而言，某一时代的新兴文体，《讲话》都会"引录代表作家的著述，以窥见这一时代作品的精神和形式"(《小引》)。越是重要的作家，引录作品越多，一般以四首为上限，所选都是有代表性的作品。如第三章，介绍晋代大诗人陶渊明时，介绍了他不同风格的诗文作品，并全文引录了四首五言古诗。第四章，介绍唐代大诗人李白时，引录了一首七古，一首七绝，两首五绝。介绍杜甫时，引录了他擅长的七古一篇，七律两篇，五律一篇。其他作家，根据其文学史地位，引录作品数量不等，或三首，或两首，或一首。有些则是简单地提及姓名而已。

《讲话》全文引录的作品，大多为短小精悍之作，但也有不少较长的篇章，如：《史记·项羽本纪》中最著名的一段"鸿门之会"（1146字）、《文心雕龙》的《明诗》篇（1122字）、《聊斋志异·促织》（1680字）等。此外，像韩愈《马说》、柳宗元《小石潭记》、欧阳修《醉翁亭记》、王安石《读孟尝君传》、苏洵《辨奸论》、苏轼《前赤壁赋》、元好问《射说》、方孝孺《越巫》、王世贞《蔺相如完璧归赵论》、归有光《项脊轩志》、袁宏道《晚游六桥待月记》、方苞《游雁荡记》等，作为不同时代、不同流派的代表作，也都全文引录。

《讲话》也节录了一些篇幅较长的戏曲、小说等作品。如戏曲当中，《窦娥冤》录窦娥被押赴刑场一段，《西厢记》录"长亭送别"一段，《汉宫秋》录元帝送昭君远去一段，《琵琶记》录《吃糠》一段，《牡丹亭》摘录最著名的《游园·惊梦》一段，《长生殿》录《密誓》一段，《桃花扇》节录极哀感顽艳的《寄扇》一段。小说当中，《水浒传》录"鲁提辖拳打镇关西"一段、《三国志演义》录"关公斩华雄"一段、《西游记》录第二十七回一段、《红楼梦》节录第四十回《史太君两宴大观园》

中刘姥姥的故事、《老残游记》摘录"王小玉唱书"一段等。所节录的文字，都是作品中颇具代表性的精华部分。

当然，也有许多经典佳作，《讲话》限于篇幅，未加引录。例如，《讲话》对《庄子》与《孟子》的散文予以极高评价，称："《庄子》与《孟子》可称诸子文章中的双璧。且不谈学术思想，单说他们的文章，也无分轩轾，同为千古散文的杰作。"（见第一章《先秦的文学》）但后文又不无遗憾地表示："关于诸子的文章，这里为了篇幅关系，不具引了，好在诸子的作品，以学术思想为主，本无意于文艺的，其价值也不因文词而传世。"而北朝民歌《木兰辞》、张若虚的《春江花月夜》、白居易的《长恨歌》《琵琶行》等长诗，也都因为篇幅关系，《讲话》既不愿将其割裂，便不得不割爱。这并不妨碍《讲话》对这些作品的高度评价，读者如果对这些作品感兴趣，自会找来阅读。

《讲话》引录作品的标准，主要以情感表达、艺术形式为准绳，秉持纯文学观。作者认为，好的文学作品，应该是优美的艺术形式与真情实感的有机结合。这一点，同样体现出对"文学性"的重视。例如，《讲话》第一章，主张用纯文学眼光解读《诗经》，"不必拘牵于前人的注疏"。文中引录了五首《诗经》中的作品，并从情感角度加以分析，指出"《绸缪》不用说是情诗，写一对爱人，在艰难一晤中，相互欢笑，以歌相酬答。《葛生》是誓诗，而且是男对女的悼亡诗，耿耿此心，相期于百年之后，情感是极深切的。《黍离》乃是一首沉痛的感时伤事的诗，亡国以后，惓怀故土，中心恻怛而未能尽言，便借长歌当哭来宣泄。《蓼莪》是纪念父母的诗，一直很有名的，昔人遭父母丧，有闻歌《蓼莪》而痛绝的。《鹿鸣》是天子享宴宾客的歌曲，举此聊备一体"。《讲话》虽然没有列举人们熟悉的《关雎》《蒹葭》等篇，但所举各篇分别涉及爱情、亲情、爱国之情等，有助于加深读者对《诗经》文学价值的认识。

总之，洗练生动的行文，简明扼要的点评，配以精要完整的引文，三者相得益彰，使得《讲话》言简意丰，融文学史与文学作品选于一体，既提升了《讲话》的可读性和资料价值，又突出了文学史的文学本位。《讲话》在短短十万字的有限篇幅内，能够做到这一步，实属难能可贵。

二

再来谈谈《讲话》之"学"。治文学史，应兼具两方面的学术功底，一是文学功底，二是史学功底。古代文学的学术功底，主要体现在对各种文体、作家、作品等文学现象的批评与阐释。史学功底，古人总结为史家四长，即才、学、识、德。治文学史者，学、识也主要是就文学方面而言。这里先就《讲话》体现的古代文学功底稍加评析。

施慎之在这部《讲话》中，夹叙夹议，挥洒自如，祖述前人观点的同时，也融入了不少自己的思考和见解，议论大都平实公允，切中肯綮。同时，《讲话》还具有鲜明的问题意识，对文类的演进线索作了清晰勾勒，重视对相关作家、作品、文体、流派等进行比较，对骈文和散文之争、唐宋诗之争、古今之争等文学史上存有较大争议的问题，也都提出了自己的见解。其观点虽有可议之处，但并非浮泛之谈。

　　文学史现象错综复杂，如果不得要领，就会治丝益棼。中国古代文体学非常发达，但文、史、哲不分家，传统的文学观念是一种"大文学观""杂文学观"。《讲话》将传统文学观念与现代文学观念相结合，以文体为纲领，呈现出由传统"大文学观""杂文学观"向以诗歌、散文、小说、戏曲为主干的纯文学观逐步演进的清晰路径。

　　《讲话》在论述文学的起源时，首先将文学分为韵文和散文两大类，认为韵文早于散文。"所以本书叙述中国文学史，开宗明义就提出《诗经》来。"《讲话》认为，《诗经》是集中国四言诗的大成，"除《诗经》以外，中国文学中美妙的四言诗，便不多见了"。虽然自汉魏以来，曹操的《短歌行》等名篇也不失为四言诗的佳作，但绝大部分四言诗都是假古董，当得起"美妙"二字者，确实不多见。

　　《诗经》之后，便是《楚辞》。《讲话》指出："从秦汉时代起，中国的美文和散文分流，《离骚》实在是千古美文之祖。"关于先秦散文，《讲话》一方面指出，"在中国历史上，最早的散文，并不是独立的。"同时，也承认"经、史、子三种书里，都有极优美的文章，所以经史诸子，实在是先秦时代的散文"。关于词赋等作品，《讲话》认为它们"介乎韵文与散文之间，我们把它称作美文，其实并非散文的正宗"。这些解说，都是以纯文学观念为标准，同时也体现出对传统观念的尊重。

　　关于两汉文学，《讲话》首先提到辞赋的发达，并介绍了赋的定义、源流演变及其得失。《讲话》一方面承认"赋是美文"，"两汉的文章，以辞赋为宗"，同时也指出汉赋的弊端在于"缺乏情感和个性的表现"，"堆砌太甚，失掉文学的真价值"。并且认为，"如果要看两汉活的文章，还是舍了辞赋，来读'不以能文为主'的历史文和学术文"。介绍两晋南北朝文学时，《讲话》首提"骈俪文的极盛"，认为骈俪文"虽然雕琢字句，格局不大，然而秀逸清新，音调铿锵，可以说是美文的杰作，不能以雕琢一概抹杀"。到了唐朝中叶，骈俪文开始和散文对立。"骈俪文是中国语文中独特的艺术，它自有其不可磨没的地位"，"但是骈俪文逾越出它应用的范围，那就要不得了"。从艺术角度着眼，《讲话》对中唐韩愈及其倡导的古文运动，评价是有所保留的。一方面，肯定韩愈是一位文学革命的领袖，另一方面，认为对韩愈"文起八代之衰"的誉语未免过甚。总之，《讲话》认为骈文、古文各有所长，古文的价值主要在于实用性。"隋唐以前，把美文当作文章的正宗，隋唐以后，把古文当作文章的正宗，两者各有所偏。"

从重视情感和个性表现的角度出发，《讲话》在各章中，均没有将古文置于突出位置。如论金元两代，重点放在通俗文学，称"这些古典的文学，当时作者本来已经不多"，其实，金元两代创作诗词文的传统作家还是不少的。论明代文学，称"文学正宗的诗词文，只成了告朔饩羊的形式。诗则无病而呻，词则闲情偶寄，文则为载道之用，结果都无足观。而况明人喜模拟剽窃，学古而只得古人的皮毛。所以我们可以说明朝文学，除了小说传奇散曲以外，其他全没有重要价值的"。《讲话》对清朝的文章，评价尤低，几乎是全盘否定。"桐城派的文章，板实绝无感情，故作控抑纵送之貌以自憙"。阳湖派也是一样，两派文章"义法越讲越精，模仿古人只得其貌；庸肤呆滞，一无可诵"，"不必待白话文之兴，古文已经在没落中了"。但是，对于欧阳修、王安石、苏轼、元好问、宋濂、方孝孺、归有光等古文大家，《讲话》还是进行了较为客观的评介，对晚明以袁宏道为代表的小品文，也予以肯定。

诗歌方面，《讲话》认为《诗经》和早期乐府诗都是可以按律而歌的诗篇。乐府诗是后来五言诗的前驱。唐代是诗的黄金时代。《讲话》分析了唐诗繁荣的原因及其伟大之处。"以体裁论，近体诗、七古诗，都是唐朝的新体；尤其是近体诗中的律绝，完全定基础于唐代，其篇什金声玉振，辞短意长，后世望尘莫及呢。"所谓"七古诗"，主要是就七言歌行而言。《讲话》对于唐代新兴的诗体，予以充分肯定，没有对古体、近体强判优劣。

关于盛唐两大诗人李白和杜甫，《讲话》一方面指出优劣是不能衡量的，所谓"李杜优劣论"，是极无聊的事。另一方面，《讲话》认为两者代表了文学上的两派，其作风是可以比较的。就诗体形式而言，"五古则李高尚，杜深刻；七古是两人最能发挥个性的地方，李则飘忽豪放，杜则沉着悲痛。李长于绝诗，杜则擅律诗。李句法错综，杜多对偶、倒装；李喜道家语，杜用人间语"。就风格而言，李白出世、浪漫、超然享乐，杜甫入世、写实、悲天悯人。

对中唐的两大诗坛领袖韩愈和白居易，《讲话》也进行了比较："两人的诗，都追踪杜甫，韩尚奇险，白尚平易。韩则文胜于诗，白则纯然是诗人；成就也以白为高。"《讲话》认为韩愈的诗，"也不过成了有韵的散文，且奇险而用字艰深，除了有一种雄豪的气魄外，诗意尽失"。对于白居易，《讲话》只说他诗风平浅，没有明确提及他倡导的"新乐府运动"，这是一个缺憾。

唐宋诗之争是文学史上争议较多的热点话题。对于宋诗，《讲话》的评议比较客观，肯定"宋诗至苏轼和他同时的黄庭坚，居然在唐诗之外，另辟新境界"。同时，又认为"近体诗到宋朝，虽然开了清新生硬的一条路，然而究竟不能挽回时代的巨流，使它再度繁荣"。对于宋诗代表作家，《讲话》的点评基本公允。如评苏轼："宋的诗词，所以不会和前代相混，可以说是从东坡开始的。……其诗出入于李、杜、韩，而自成其豪迈爽朗一派。所谓才思横溢，触处生春，对于后世的影响极大。"评黄庭坚："他的诗倒是一种创造的体裁，清新高绝，可惜过于拗峭生滑，没有抑扬反复之妙。"评陆游："放翁的诗，于清新刻露之外，能使之圆润敷腴，自成一格。但他的近体诗中，颇多重复泄沓的句子，后人因其易学，纷纷剽窃，于是流而为率易庸滑了。其实放翁悲壮沉雄的古体，有老杜遗风，这是更值得注意的。"《讲话》还注意到姜夔的诗，称"他的诗写得也很好，明白如话，其味隽永。但他的诗为词所掩"。但是，对宋以后的诗，《讲话》整体评价不高："于是宋朝以后，近体诗非失之平庸，便失之生涩，和盛唐比较，真味同嚼蜡了。"对于号称中兴的清诗，《讲话》提到了王士祯"神韵说"、沈德潜"格调说"、袁枚"性灵说"，而没有提及倡导宋诗的翁方纲及其"肌理说"，只是指出"道咸以后，文人渐崇宋诗；位高望重的曾国藩，提倡于上，宋诗更流行一时。然而宋诗生涩无余味，名家之作，类多不可诵"。可见，《讲话》的总体倾向，还是认为宋不及唐。

宋代以后，《讲话》的重心逐渐转向通俗文学。虽然在介绍宋代文学时，《讲话》虽然将词和诗文置于平话之前，但作者认为："宋人的新贡献，是民众文学的平话小说。我们可以大胆地说，随他欧阳修、司马光等学究天人，他们的笔记，就文学上的价值而言，决不及无名氏的平话的。"在介绍金元和明的文学时，《讲话》均将通俗文学置于前列，而在章末附以"诗词文总述"。清代文学部分，也是首列小说，次及戏曲，然后是诗词，最后是文。从这种排序方式，大致可以看出《讲话》对文体价值的判断。清代小说部分，重点介绍白话长篇小说，对文言短篇小说持贬斥态度，认为其内容荒诞无稽，结构松懈，互相模拟，千篇一律，令人生厌。对《聊斋志异》，也只是认为其"比较可称"，"《聊斋志异》中有几篇，结构完美，词采动人，很有唐人小说的遗意，不可一笔抹杀的"。

《讲话》最后一章"古文学的结束"指出，中国文学的各部门，如诗、词、文、曲、小说等，"它们起初原是民众的，然而越发展离民众越远"，所以"不能不谥之曰古文学"。作者一方面承认文学的价值不以今古而异，对近代旧体文学创作成绩也有所肯定；另一方面又强调，"以今人而仍旧从事古文学，这是心劳日拙的事"，新文学的发生是历史的必然。

整体来看，《讲话》的学术立场比较客观，不偏不激。正如作者在《小引》中所说："编文学史，因为编者的流派不同，不免有出主入奴之见。本书则务作公正的立场，以中允的态度来叙述，不欲妄加褒贬。既不敢强白话为古文学史的正宗，也不敢菲薄无名作家或民间的作品。所以本书对于庙堂与山林、贵族与民众、古典与通俗的作品，等量齐观，目的只在叙述中国文学的发展与演进。"当然，强调客观，也不代表完全放弃价值判断。

《讲话》在尊重历史事实的前提下，也表达了自己的学术观点和价值取向，从而实现了逻辑与历史相结合。

《讲话》也不无可议之处，例如，对宋代以后的诗文词以及文言小说的整体评价偏低。又如，在介绍《水浒》版本时，只提到七十回与百二十回两种，且没有涉及金圣叹"腰斩《水浒传》"的事实，而径直宣称"所以我宁愿承认七十回为定本"。虽然表明了只是一家之言，但容易对读者造成误导。论《红楼梦》后四十回，称"高氏的补作，和原书前后呼应，事迹和作风，均完全一致，可称天衣无缝的"。而没有指出与前八十回的差距，评价未免偏高。瑕不掩瑜，作为一部民国时期问世的早期中国文学史，《讲话》不可避免地会有其时代局限性，但不失为一部学风严谨的佳作。学术在不断地发展，文学史研究也在不断走向深入。我们指出《讲话》在学术方面的某些缺陷，是希望读者在阅读过程中，能够有所辨别，有所取舍，作出自己的合理判断。

三

最后谈一下《讲话》之"史"。《讲话》在历史观念、体例设计、内容编排、史评立场等方面，彰显了良好的史识、史才和史德。

《讲话》总体上持辩证的、发展的历史观。中国传统历史观中影响较大者，有复古、倒退的历史观，以及历史循环论、英雄史观等。现代历史观中，也存在历史虚无主义等种种认识误区。《讲话》不为传统观念所囿，认为文学源自民间，并不断从民间汲取养分，向前发展。对每一时代的新兴文体，《讲话》都予以特别关注。

在文学史分期问题上，学界历来存在争议。直至今日，依然众说纷纭。应该说，学界过去提出的种种意见，都有其合理的一面，但也只能成为一家之言，难以达成共识。这一方面是由历史的连续性所决定。历史宛如一条长河，我们也许可以指称它的上游、中游、下游，但很难抽刀断水，将其截然割裂。另一方面，也与文学史现象的丰富性和复杂性有关。文学史不是孤立的存在，它的发展，受到政治、经济、文化等各种因素的制约。鉴于政治在中国古代文人生活中的重要性，以朝代划分文学史不失为有效的分期方法之一。《讲话》对此保持清醒的认识，承认"文学史用政治的时代来划分，固然觉得勉强"，同时又指出，"然而不用政治的时代来划分，也没有其他的好办法"。

在体例设计上，《讲话》"以朝代为经，而以各文学部门的发展为纬"（《小引》）。《讲话》按照朝代，共分九章，分别是：先秦、秦汉三国、两晋南北朝、隋唐、五代两宋、金元、明、清，最后一章是"古文学的结束"，介绍晚清文学的概况。

中国素有"一代有一代之文学"的说法，如汉赋、六朝骈文、唐代近体诗、宋词、元曲、明清小说等，不仅被视为一代文学之代表，更被视为这一时代文学的主流。《讲话》在内容编排上本着"一代有一代之文学"的传统观念，将每一时代"作为代表的文学，则各述于首节，以后再及其他。所以在文学的演进中，也可窥见每一个时期的特色"（《小引》）。从而使得文学史的发展脉络清晰可辨，主线突出，确实收到了提纲挈领的效果。然而，过分强调"一代有一代之文学"，也会导致认识上的某些误区和偏见。《讲话》对元明清诗文评价偏低，多少与此有关。

有不少文学史著作在章节安排方面，刻意追求体例统一，各文体之间的顺序都是相对固定的。《讲话》则不为成见所囿，在文体排序时，灵活多变，尊重历史，实事求是，体现了逻辑与历史的统一。

《讲话》在每一节中，对于史料的编排也煞费苦心。历史的书写，可以采取多种形式，如中国传统的编年体、纪传体、纪事本末体，西方传入的章节体，等等。这些历史书写方式，侧重点不同，各有所长。彼此之间，可以取长补短，有机结合。其中，纪传体在中国传统史学中占有重要地位，作为正史的"二十四史"都是以人物传记为主干，其中的《文苑传》已初具文学史雏形。所以，将作家小传连缀成史，不失为编写中国文学史的一条捷径。《讲话》在编写过程中也参考了正史《文苑传》。然而，《讲话》并不满足于将文学史变成一部"录鬼簿"，而是努力揭示文学自身发展的轨迹和规律。施慎之在《小引》中强调："本书是整个的中国文学史，不是零散地缀集中国文学家传记而成，所以宁愿详于文学发展的轨迹，而略于作家的生平。不重要的作家，不过一提姓名，然而少数可为代表的作家。也述其生平事迹和时代背景，并引录作品，使读者不至只有模糊的形廓。"

应该说，作家生平事迹、时代背景、作品等等，都是编写文学史不可或缺的材料。知人论世，是中国文论的优良传统。西方研究文学史，也非常重视传记批评和社会历史批评。不过，研究作家、时代，最终都是为解读作品服务的。如果轻视作品，文学史研究就会显得大而无当，空洞乏味。《讲话》在有限的篇幅

内，重视引录代表作家的著述，使文学史变得具体可感，血肉
丰满。

　　不过，选择哪些作家、作品进入文学史，这其间的弃取，确
实难于把握。《讲话》没有漫无节制地信手拈来，也不刻意追求
标新立异，所收录者都是极为经典的作家、作品。经芟枝除蔓之
后，使得文学史精华毕现。

　　尤其值得称道的是，《讲话》在《小引》中表明其著史的
立场："务作公正的立场，以中允的态度来叙述，不欲妄加褒
贬。"20 世纪上半叶，是新旧文学激烈碰撞的时代。大量的文
学史著作层见叠出，有持保守主义者，也有持激进主义者。《讲
话》则坚持客观立场，甘于承受芜杂之讥。事实上，《讲话》非
但不芜杂，而且主线相当清晰，不偏不激。当然，要想完全排除
文学史编写者的主观立场，做到绝对客观，也是不可能的。施慎
之在《讲话》中能够以"史德"自律，努力向史实靠拢，体现了
良好的史学修养，使《讲话》成为一部经得起时间考验的文学史
著作。

四

　　民国时期，署名施慎之的著作，除本书外，还有一部《毕
斯麦传》（"世界名人传记丛刊"之一，世界书局 1948 年出
版）。另，《讲话》开篇《小引》云："至于二三十年来新文学
的发展史，为期虽短，论成绩也殊可观，而继往开来，正是一个
极大的转变，另有《中国新文学史讲话》一书详为叙述。"全书
结尾处又云："至于关于新文学的发生、源流、派别，另有《中

国新文学史讲话》，和本书为姊妹篇，这里便不再提及了。"陈玉堂编《中国文学史书目提要》，在未见原书的情况下，据此猜测施慎之另著有一部《中国新文学史讲话》[①]，其实是误解。陈编《中国文学史书目提要》也著录了李一鸣的《中国新文学史讲话》，该书亦由世界书局出版，初版时间为1943年11月，再版时间为1947年10月。施慎之《中国文学史讲话》与李一鸣《中国新文学史讲话》，无论是封面设计，还是正文版式，都完全相同，且同年再版，明显属于同一系列。本书提及的《中国新文学史讲话》，应该就是指的李一鸣《中国新文学史讲话》。疑点在于，施慎之《中国文学史讲话》初版在前，比李一鸣《中国新文学史讲话》早了整整两年，却在文中反复提及《中国新文学史讲话》。一种可能的解释是，李一鸣《中国新文学史讲话》当时虽未面世，但已经列入了世界书局的出版计划。

施慎之的《中国文学史讲话》于1941年8月由世界书局初版。此后，有上海世界书局1947年第2版；台北文星书店1965年1月出版；台北学人月刊杂志社1971年出版。但1949年迄今，大陆地区尚无再版。鉴于其具有较高可读性和学术价值，现将其点校整理，以飨读者。

此次整理，所据版本为1941年初版。原书在排印过程中存在一些明显错误，如：马致远误为"马志远"；杂剧《杜子美沽酒游春》的"沽"误为"沾"；《老残游记》批判中的所谓清官玉贤，误为"王贤"；《聊斋志异·促织》引文中，"牛羊蹄

---

① 参见陈玉堂编《中国文学史书目提要》，黄山书社1986年版，第173页。

蹄躈各千计"的"躈"误为"譤";清词前十家中,陈维崧误写成"陆维崧";晚清作家王闿运误写成"王闳运";《彊村丛书》的"彊",误为"疆",等等。凡此种种,均在原文中径改。另外,原书中有一些民国时期不太规范的书写方式,如"吧了",今改为"罢了"。原书中往往将"成功"用作动词,今依现代习惯改为"成为"。此外,则尽量尊重原著,不妄加改动。如原书中将"磅礴"两字写作"滂薄",文意亦通,便不再修改,以求最大限度地保持其原貌。底本中的人名、书名、人物生卒年、译文及引文等,除对明显的排印错误修改外,现均维持底本原貌,不再修改。整理者水平有限,不足之处,尚祈方家指正。

编　者

2020 年 6 月于海口

目 录

初版《小引》

本书叙述中国文学史，起于先秦，迄于清末，上下凡三千年，文学的开头，按照世界各民族的通例，总是韵文先于散文，所以把《诗经》《楚辞》先作介绍。到了近代，中国文学经过二三千年的发展，各体略备，都有作者，在新文学兴起之前，还坚守最后的壁垒，所以在篇末述古文学的结束。至于二三十年来新文学的发展史，为期虽短，论成绩也殊可观，而继往开来，正是一个极大的转变，另有《中国新文学史讲话》一书详为叙述，在本书里便不再提及了。

文学史用政治的时代来划分，固然觉得勉强，然而不用政治的时代来划分，也没有其他的好办法。比如就诗、文、词、曲、小说分类，各述它们的演进，未尝不好，怎奈这样一来，变作横的概说一类，而非纵的文学史了。所以本书仍以朝代为经，而以各文学部门的发展为纬。每一个时期各有它文学的主流，也各有特出的作品，如汉赋、唐诗、宋词、元曲等是。一时代作为代表的文学，则各述于首节，以后再及其他。所以在文学的演进中，也可窥见每一个时期的特色。

本书是整个的中国文学史，不是零散地缀集中国文学家传记而成，所以宁愿详于文学发展的轨迹，而略于作家的生平。不重要的作家，不过一提姓名，然而少数可为代表的作家，也述其生平事迹和时代背景，并引录作品，使读者不至只有模糊的形廓。这其间的弃取，编者认为是煞费苦心的。

引录代表作家的著述，以窥见这一时代作品的精神和形式，这是很重要的事。不过本书不是个别的研究作家的专著，所以引录不能过多；而所引录的，大概都是极精湛的作者。次者，引录最好不要割截，俾窥全豹；然而限于篇幅，这又是不可能的事，编者既不愿以冗篇徒灾梨枣，在无可奈何中，有一部分作品的引录，也只好割取片段了。

编文学史，因为编者的流派不同，不免有出主入奴之见。本书则务作公正的立场，以中允的态度来叙述，不欲妄加褒贬。既不敢强白话为古文学史的正宗，也不敢菲薄无名作家或民间的作品。所以本书对于庙堂与山林、贵族与民众、古典与通俗的作品，等量齐观，目的只在叙述中国文学的发展与演进。至于以芜杂见讥，则编者也承受无辞。

第一章　先秦的文学

一　诗经

按照世界上各民族的通例，文学的起源，往往韵文早于散文。因为韵文容易上口和记忆，篇什简单，自然比组织缜密的散文，出世要早。就是那些尚未开化的民族，他们也许还没有文字，但是他们却有着口口相传的诗歌，或者是叙事的，或者是抒情的，借以"言志咏言"。西洋文学中最早的作品，流传到现在的，当推《依丽亚德》①和《几台赛》②两叙事诗，也可证明韵文早于散文，这两诗相传为荷马（Homer）所作，但是经历年代已经很长久，靠得住与否，还是难说的。我们中国的韵文作品，经过几千年的流传，如今，还看得到的，当推《诗经》与《楚辞》，这两者可称先秦文学的双璧；《诗经》大概是中国最早的北方文学的代表，《楚辞》大概是最早的南方文学的代表。《诗经》之前，我们在中国的历史上，不能够找出更早的文学作品，

---

① 今译《伊利亚特》。
② 今译《奥德赛》。

1

无论是韵文也好，散文也好。就散文而言，散文的《尚书》是和《诗经》同时经过孔子删定的。《尚书》中三代以上的作品，还在存疑之间，其时期决不会比《诗经》更早。至于在《诗经》以前的古诗，像"日出而作"的《击壤歌》，"南风之薰兮"的《南风歌》，"卿云烂兮"的《卿云歌》……大多出于后人伪造，假托成于尧舜时代，实在不可相信的。所以本书叙述中国文学史，开宗明义就提出《诗经》来。

《诗经》是一部总集，里面包括许多人的作品，可惜这些作者的姓名事迹，大多已经无可考查了。《诗经》中各篇作品的时期，前后不一，大概可以说在公元前第十一世纪到第六世纪间，离开现在约有二三千年。各篇作品产生的地点，也不一致，大概在黄河流域中部一带，和以长江流域中部为中心的《楚辞》相对。《诗经》一共有三百〇五篇，相传为孔子所编定，与《书》《易》《礼》《乐》《春秋》，并称六经。但是孔子编诗时，一定不止三百篇，有许多是给他删除的，他只编选其中最好的作品罢了。孔子删除而未经编入的诗，叫作逸诗，只词片语，尚有流传下来的。

《诗经》里的作品，以四言的居多，所以《诗经》是集中国四言诗的大成；除《诗经》以外，中国文学中美妙的四言诗，便不多见了。《诗经》里也有极少数的几篇，不是四言诗的，如"振振鹭"是三言，"谁谓雀无角"是五言，"我姑酌彼金罍"是六言，"交交黄鸟止于桑"是七言，尚有长短句的，开后来歌谣词曲的先声。至于《诗经》的用韵方面，更是变化莫测，有一句一韵的，有隔句用韵的，有换韵的；再像《颂诗》《清庙》等，是全篇不用韵的，那简直像近代的散文诗了。

《诗》有六义，是风、雅、颂、赋、比、兴，其实这六义不能对举的。因为风雅颂是诗的分类，也可以说《诗经》的内容；赋比兴是诗的体制，其实就是作诗的方法。赋比兴是一般的，未必单限于《诗经》，所以这里不具论，单说所谓风雅颂。风就是春秋时代各国的民歌，计有十五国风，一是《周南》，二是《召南》，三是《邶风》，四是《鄘风》，五是《卫风》，六是《王风》，七是《郑风》，八是《齐风》，九是《魏风》，十是《唐风》，十一《秦风》，十二《陈风》，十三《桧风》，十四《曹风》，十五《豳风》。雅有《大雅》《小雅》，是朝廷宴会时的乐歌，但里面也偶然有像《国风》一样的民歌。颂是宗庙的文学，有《周颂》《鲁颂》《商颂》，用以祭告神明的。风雅颂三类中，以风为最多，也写得最好，其中有的是男女的情歌，有的描写战争的痛苦，有的描写农牧的情形，有的抒述对上的怨恨，实在是极好的抒情作品。这里把《诗经》中的杰作，举几篇在下面：

（一）绸缪

绸缪束薪，三星在天，今夕何夕，见此良人。子兮子兮！如此良人何？

绸缪束刍，三星在隅，今夕何夕，见此邂逅，子兮子兮，如此邂逅何？

绸缪束楚，三星在户，今夕何夕，见此粲者，子兮子兮，如此粲者何？

（二）葛生

葛生蒙楚，蔹蔓于野；予美亡此，谁与独处？

葛生蒙棘，蔹蔓于域；予美亡此，谁与独息？

角枕粲兮，锦衾烂兮；予美亡此，谁与独旦？

夏之日，冬之夜，百岁之后，归于其居。

冬之夜，夏之日，百岁之后，归于其室。

（三）黍离

彼黍离离，彼稷之苗；行迈靡靡，中心摇摇。知我者谓我心忧，不知我者谓我何求；悠悠苍天，此何人哉？

彼黍离离，彼稷之穗；行迈靡靡，中心如醉。知我者谓我心忧，不知我者谓我何求；悠悠苍天，此何人哉？

彼黍离离，彼稷之实；行迈靡靡，中心如噎。知我者谓我心忧，不知我者谓我何求；悠悠苍天，此何人哉？

（四）蓼莪

蓼蓼者莪，匪莪伊蒿；哀哀父母，生我劬劳！

蓼蓼者莪，匪莪伊蔚；哀哀父母，生我劳瘁！

瓶之罄矣，维罍之耻；鲜民之生，不如死之久矣！无父何怙？无母何恃？出则衔恤，入则靡至。

父兮生我，母兮鞠我。拊我畜我，长我育我，顾我复我，出入腹我，欲报之德，昊天罔极！

南山烈烈，飘风发发，民莫不穀，我独何害！

南山律律，飘风弗弗，民莫不穀，我独不卒？

（五）鹿鸣（一章）

呦呦鹿鸣，食野之苓。我有嘉宾，鼓瑟鼓琴；鼓瑟

鼓琴，和乐且湛。我有旨酒，以燕乐嘉宾之心。

因为《诗经》是孔子手定的，于是从前人解诗，喜欢戴上有色的眼镜，以道德的眼光来衡量；往往极好的恋歌，说是贤臣君子忠君谋国的话。真所谓煮鹤焚琴，大杀风景，忽视了《诗经》的文学价值。如今我们当以纯文学眼光，来读《诗经》，不必拘牵于前人的注疏。如前面所举的五首，《绸缪》不用说是情诗，写一对爱人，在艰难一晤中，相互欢笑，以歌相酬答。《葛生》是誓诗，而且是男对女的悼亡诗，耿耿此心，相期于百年之后，情感是极深切的。《黍离》乃是一首沉痛的感时伤事的诗，亡国以后，眷怀故土，中心恻怛而未能尽言，便借长歌当哭来宣泄。《蓼莪》是纪念父母的诗，一直很有名的，昔人遭父母丧，有闻歌《蓼莪》而痛绝的。《鹿鸣》是天子享宴宾客的歌曲，举此聊备一体。

二　楚辞

中国最早的南方文学的代表，是《楚辞》。《楚辞》也是一部总集，它的时间，约略比《诗经》晚一点；大概《诗经》产生在春秋时代，《楚辞》产生在战国时代。产生《楚辞》的地域，顾名思义，可以知道是长江北部的楚国。《楚辞》不像《诗经》

一样，它的作者已经可考了，据说有屈原、宋玉、景差等人。但是《楚辞》中有几篇是否确系屈、宋所作，却也还待考证学家的研究呢。不过我们可以说，《楚辞》中最主要的一篇，《离骚》，是屈原的真作；而无疑的，屈原也是《楚辞》中最大的创作者。

屈原名平，他的出身，原是楚国的贵族。他在年轻的时候，就在朝廷上供职，很得楚怀王信任。后来同僚中有人妒忌屈原，向怀王进谗中伤他，于是便遭到排斥。他愤怀王的轻信谗言，含冤莫白，乃离开朝廷，流浪到外面去，在树深草长瘴气寒雨的沼泽地带徘徊着，过着放逐中的日子。最后，他知道自己虽然有耿耿忠心，楚王终未必用他，便投汨罗江自杀。寿约五十余岁。屈原的一生，真是可歌可泣；如果说文学是性情的流露，那末《离骚》正可以说是他的代表作。屈原只要有《离骚》一篇，已经可永垂不朽了，何况还有《天问》《九歌》《九章》，相传也是他所做的。《离骚》开中国辞赋的先河，影响后世极大。从秦汉时代起，中国的美文和散文分流，《离骚》实在是千古美文之祖。所以在中国文学史上，屈原是第一个大文豪呢！

南方文学，因为环境关系，总是带着神话的色彩，这在屈原的作品里，更可以看出来。屈原凭着他丰富的想像①力，以雾气云影作背景，驱策鬼神，敷陈草木，遂成瑰奇矞皇的大作。《离骚》是一篇长二千四百九十字的长诗，先叙他自己的身世，后来他是怎样的求学进德，忠君爱国，可是怀王不肯信用他，结果使他极失望。于是他便梦想到虞舜，歌咏历代帝王的故事；又从舜

---

① 原文如此。今一般写作"想象"。

葬的地方苍梧出发，到达天庭，他虽然得到许多神明的帮助，可是帝阍不肯开门，再流浪到各神话中的境地，求宓妃等女神，结果也遭到拒绝。他继续周游着，仆夫怨了，马也不肯前进，只得失望地喊出"吾将从彭咸之所居"的话。彭咸原是投水而死的，可知他早想自沉了。兹录《离骚》最前一节，以见其一斑：

> 帝高阳之苗裔兮，朕皇考曰伯庸，摄提贞于孟陬兮，惟庚寅吾以降。皇览揆余于初度兮，肇锡余以嘉名。名余曰正则兮，字余曰灵均。

> 纷吾既有此内美兮，又重之以修能，扈江离与辟芷兮，纫秋兰以为佩。汩余若将不及兮，恐年岁之不吾与，朝搴阰之木兰兮，夕揽洲之宿莽。日月忽其不淹兮，春与秋其代序，惟草木之零落兮，恐美人之迟暮。

> 不抚壮而弃秽兮，何不改乎此度？乘骐骥以驰骋兮，来吾道夫先路。

《离骚》以外，《天问》《九章》，有和《离骚》同一的作风，大概也是出于屈原手笔。《天问》是含有神话意味的长诗，全篇都出以疑问的口气：首问天文，自混沌以至星辰；次问地理，自汨洪以至物类；终问人事，自皇古以至战国。但全诗文义晦涩，章次错乱，不容易欣赏。至于《九章》，包括《惜诵》《涉江》《哀郢》《抽思》《怀沙》《思美人》《惜往日》《橘颂》《悲回风》九篇，其次序当以《橘颂》为最早，以《怀沙》为最晚，就是他怀沙自沉前作的。

尚有祀神曲的《九歌》，相传是屈原所作，其实是靠不住的。楚国地在长江流域，湖泽浩渺，草木繁茂，原始的人们信鬼神而好祭祀，在祭祀时必作歌乐鼓舞以乐诸神，所谓《九歌》，就是祀神曲的总名，作者是不能考也不必考的。《九歌》的词句，非常美丽，所歌咏的神明，也具俊逸瑰丽之概，令读者神驰于幽深的南方山水间。共分《东皇太一》《云中君》《湘君》《湘夫人》《大司命》《少司命》《东君》《河伯》《山鬼》九篇，并《国殇》《礼魂》二节。兹引录《湘夫人》：

> 帝子降兮北渚，目眇眇兮愁予，袅袅兮秋风，洞庭波兮木叶下。登白蘋兮骋望，与佳期兮夕张。鸟何萃兮蘋中，罾何为兮木上！沅有茝兮澧有兰，思公子兮未敢言；荒忽兮远望，观流水兮潺湲。麋何食兮庭中？蛟何为兮水裔？朝驰余马兮江皋，夕济兮西澨，闻佳人兮召予，将腾驾兮偕逝。筑室兮水中，葺之兮荷盖，荪壁兮紫坛，播芳椒兮成堂。桂栋兮兰橑，辛夷楣兮药房；罔薜荔兮为帷，擗蕙櫋兮既张；白玉兮为镇，疏石兰兮为芳；芷葺兮荷屋，缭之兮杜衡。合百草兮实庭，建芳馨兮庑门；九嶷缤兮并迎，灵之来兮如云。捐余袂兮江中，遗余褋兮澧浦，搴汀洲兮杜若，将以遗兮远者。时不可兮骤得，聊逍遥兮容与。

宋玉和景差，相传都是屈原的弟子，他们的生平，已不可考，只知道是楚国人，略晚于屈原。宋玉的作品较多，与屈原并称屈宋，为千古词章之宗。在《楚辞》中，今存《九辩》《招魂》两篇；在文选中，有《高唐赋》《神女赋》《登徒子好色赋》等，也许是后人所伪托。《九辩》是一篇悲秋的绝唱，《招魂》是悼屈原（或云楚怀王）而作。修辞的优美，文笔的顿挫，是汉代词赋的先声。这里录《九辩》的开头一段：

> 悲哉，秋之为气也！萧瑟兮草木摇落而变衰。憭栗

兮若在远行，登山临水兮送将归。沉寥兮天高而气清，寂漻兮收潦而水清。憯凄增欷兮薄寒之中人。怆怳懭悢兮去故而就新，坎廪兮贫士失职而志不平。廓落兮羁旅而无友生，惆怅兮而私自怜。燕翩翩其辞归兮，蝉寂寞而无声。雁噰噰而南游兮，鹍鸡啁啾而悲鸣。独申旦而不寐兮，哀蟋蟀之宵征。时亹亹而过中兮，蹇淹留而无成。

景差有《大招》一篇。景差以下，《楚辞》的作者，像贾谊、淮南小山、东方朔、庄忌等，已经是汉人的模仿作者，只能作为附录，不能跟屈宋并肩齐观了。

三 最早的散文

中国的文章，大概可以分作两类：第一类是有音韵的，重词藻，带着骈俪的气息，像词赋等作品，介乎韵文与散文之间，我们把它称作美文，其实并非散文的正宗。第二类是纯粹的散文，比较近于实用，普通把它称作古文，这里所说最早的散文，是指这一类。隋唐以前，把美文当作文章的正宗，隋唐以后，把古文当作文章的正宗，两者各有所偏，这里也不具论。但是在中国历史上，最早的散文，并不是独立的，那些论述学术记载事情的经、史、子三种书里，都有极优美的文章，所以经史诸子，实在是先秦时代的散文。

孔子所编定的六经，《乐》已亡失，可以不用再说；《诗经》是中国最早的韵文总集，已述于前；《易经》是卜筮的书，可以当作古代社会的史料，然而无文学上价值；《礼》和《春秋》，也无庸提出。《尚书》可以说是中国最早的散文，虽然可靠的成分并不多；而且文字以素朴简拙为主，绝对谈不到华丽，更可代表上古的作风。

左史记言，右史记事，《尚书》原是史书，它是记言的，和记事的史书并行。至于先秦记事的史书，存于今者，有《左传》《国语》《战国策》等，都是极完美流畅的记叙文。《左传》相传为左丘明所作，以解释孔子的《春秋》，为编年体，记事十分生动，是后来文章家的取资。《国语》据说也是左丘明所作，分国叙述，凡包括周、鲁、齐、晋、郑、楚、吴、越八国重要史事，描写也颇动人。《战国策》的体例，和《国语》差不多，不过作者不详。《国语》所述的事迹，大概属于春秋时代；《战国策》则上继《国语》，专叙战国时的各国大事，尤多纵横家的策谋。《战国策》的文字，雄肆豪放，比《左传》《国语》写得更好，司马迁的《史记》，一部分取材于此的。总之，像《左传》《国语》《战国策》等史书，叙述能够动人，很可以作小说读。这里节录《战国策》中荆轲刺秦王一段于下：

荆轲奉樊於期头函而秦武阳奉地图匣，以次进。至陛下，秦武阳色变，振恐，群臣怪之。荆轲顾笑武阳，前为谢曰："北蛮夷之鄙人，未尝见天子，故振慑。愿大王少假借之，使毕使于前。"秦王谓轲曰："起取武阳所持图。"轲既取图，奉之。发图，图穷而匕首见，因左手把秦王之袖，而右手持匕首揕之。未至身，秦王惊，自引而起，绝袖，拔剑。剑长操其室。时恐急，剑坚故不可立拔。荆轲逐秦王，秦王还柱而走。群臣惊愕，卒起不意，尽失其度。而秦法，群臣侍殿上者，不得持尺兵；诸郎中执兵皆陈殿下，非有诏不得上。方急时，不及召下兵，以故荆轲逐秦王，而卒惶急，无以击轲，而乃以手共搏之。是时侍医夏无且，以其所奉药囊提轲。秦王方还柱走，卒惶急不知所为。左右乃曰："王负剑！王负剑！"遂拔以击荆轲，断其左股。荆轲废，乃引其匕首提秦王，不中，中柱。秦王复击轲，被八创。轲自知事不就，倚柱而笑，箕踞以骂曰："事所以不成者，乃欲以生劫之，必得约契以报太子也。"左右既前斩荆轲，秦王目眩良久，而论功赏群臣及当坐者，各有差。而赐夏无且黄金二百镒，曰："无且爱我，乃以药囊提轲也。"

在经史之外，先秦诸子，也有很好的散文。当春秋战国时代，诸子蜂起，百家争鸣，富丽裔皇，形成中国学术思想的黄金时代。但是诸子的作品，流传到现在的，真伪参半，不能一概而论；就是比较可信的子书中，仍以学术思想为主，文词为副。不过像《孟子》《荀子》《庄子》《墨子》《韩非子》等书，不但说理明晰，他们的文笔，对于后世的古文作家，影响很大，是不能忽略的。比如像唐宋八大家中的苏洵，他那雄放奔肆的文章，显然是从《孟子》和《战国策》陶冶出来的。这样就把上述五子一说吧。

《孟子》相传为邹人孟轲（前372—前289）作。孟轲曾受业于子思，是以孔子为中心的儒家的嫡派。他和孔子一样，想在混乱的列国中，做点安国济民的事业；他游说齐、梁（魏）、并宋、魏、滕等小国，以仁义之道干王侯，谁也不能用他。于是孟轲只好废然回来，和弟子万章、公孙丑之徒，退而著书，记载他

11

游历各国与诸王及时人问答的言语，成《孟子》七篇。就文论文，《孟子》的作风，完全是战国时代策士的面目，取材精严，譬喻动听，而意气澎湃，好像长江里滔滔东流的波浪一样，绝不是其他儒家硁硁自守的样子。所以后来的文章家，熟读《孟子》，藉以养成一种雄肆奔放的笔法呢。

《庄子》与《孟子》可称诸子文章中的双璧。且不谈学术思想，单说他们的文章，也无分轩轾，同为千古散文的杰作。《庄子》相传为宋人庄周作，其生卒年月已不可考，大致和孟轲同时。据说他是蒙的漆园吏，生性达观，不慕荣利，甚至于辞谢楚威王的以相职来聘。他所作的《庄子》，今存三十三篇，其中除《内篇》七篇可信外，另外的大约是门人记录或后人伪托的。《庄子》的文章，气魄滂薄①，也有《孟子》的样子；但是他的作风，飘渺秀逸，令读者悠然神往，和《孟子》的锋芒毕露，使人首肯，大异其趣。《孟子》善以眼前的事实作比喻，《庄子》则多神话寓言，波涛重叠，汪洋自恣，可说极文章的能事了。

《荀子》为赵人荀况作，他和孟轲同是属于儒家的。齐襄王时，荀况游学于齐，是一个权威的学者。旋入秦游赵，最后游楚，受春申君的赏识，仕楚为兰陵令。春申君死，遂废，老死于兰陵。他有两个著名的弟子，就是韩非和李斯。《荀子》一书，大概是他晚年所作。其中也有门弟子所纪录的。虽然后世因为荀主性恶，孟主性善，把孟轲当作儒家的正统，而排斥荀况为别派。但就文章看来，《孟子》却富于策士的风味，不如《荀子》道貌岸然，的然是一个儒学大师。《荀子》的作风，雄放不及

---

① 原文如此。"滂薄"今作"磅礴"。

《孟子》，而铺丽则过之。因为他擅铺丽，而且做过几篇赋，所以有影响于后来的辞赋作者。他是北方人，其赋犹存《诗经》遗风，和屈宋的南方辞赋，略异其趣。《荀子》中的《成相篇》，笔法是很特殊的，曾有人把它称为后世弹词之祖。

《墨子》相传为墨翟作，其生卒年月及地点，均不可考。他提倡博爱非攻，苦行力践，俨然是中国的基督。其《墨子》一书大概为门人所追记，而后人伪记的也不少。它的内容，虽然比较上述诸家庞杂些，然而说理警辟动人，逻辑斐然，也不愧是诸子中的名著。

《韩非子》是韩国的诸公子韩非（？—前233）作。韩非与李斯同学于荀况，斯不及他。韩国的政治腐败，不能用非，非乃著《孤愤》《五蠹》等篇。秦王读了他的书，慕其才，延揽入秦，很是优待他，但未信用，旋为李斯所谗死。韩非可以说是集法家的大成者，也是先秦诸子中晚出的。他的文章，切合实际，虽然没有奔放的样子，然而老老实实，说理明晰，更容易使读者叹服，这是他的特长。而文章严峻痛快，又纯然是刻薄寡恩的法家的面目。

关于诸子的文章，这里为了篇幅关系，不具引了，好在诸子的作品，以学术思想为主，本无意于文艺的，其价值也不因文词而传世。有了《诗经》、《楚辞》、经史、诸子，先秦文学的全貌，也可以窥见了。

第二章　秦汉三国的文学

一　辞赋的发达

秦朝在中国的历史上，是第一个建立统一的国家者。可惜秦享国祚太短，在文学方面，成就殊少。两汉承秦的统一，充分发挥中华民族的国力，文治武功，均臻极盛。就是文学作品，继续先秦的各派，挹其精华，也陡然现出万葩绚烂的样子，和先秦的素朴不同。关于两汉的文学，有两件事值得大书的，就是辞赋的发达和五言诗的萌芽；这两者在两汉已极可观，到了魏晋六朝，便臻极峰。这样先说辞赋的发达，以作汉朝文学的代表吧。

赋本是古诗的一体；《诗经》的六义，是风、雅、颂、赋、比、兴。但是赋的定义很难下。大概可以说，赋是美文，以描写为主，介乎诗与文中间的产物，而不像古诗的可以歌，也不像散文那样的自由。现今对于赋的种类，大致分为六：（一）短赋，如《荀子》中的赋。（二）骚赋：指屈宋的《楚辞》。（三）古赋，指两汉魏晋的赋。（四）俳赋：指六朝的骈俪文。（五）律赋，指唐朝重格律形式的赋和近代帖括式的赋。（六）文赋，纯粹散文的赋，如宋人的《秋声赋》《赤壁赋》。其中的古赋，俳赋两者，可以说是词赋的正宗。也是绝妙的美文。

汉朝辞赋的发达，是受屈宋的影响。如班固说的"孙卿（荀况）屈原作赋以风，咸有恻隐古诗之义，其后有宋玉、唐勒。汉兴，枚乘、司马相如，下逮扬子云，竞为侈丽闳衍之词，没其讽谕之义"。但是《荀子》的影响极小，汉代的辞赋，可以说完全导源于《楚辞》的，于是屈原、宋玉，成为中国辞赋的祖宗。不过汉赋之弊，乃是承屈宋的末流，缺乏情感和个性的表现；虽然壮伟古雅，往往太重词藻和故实，堆砌太甚，失掉文学的真价值，这是大可惋惜的。

未说汉朝的辞赋作家，先该提起秦的李斯。李斯并没有赋流传下来，但是他介乎先秦与汉之间，是继往开来的；不但他在政治上是如此，在文学上也是如此。他的作品，如今可考的，有刻石文七篇，奏议文四篇，都是秦朝开国的大手笔，导两汉辞赋的先河。尤其是他那篇有名的《谏逐客书》，文中铺陈敷衍，时有对偶之句，实在是骈俪文的宗师，这里录一节于下：

今陛下致昆山之玉，有随和之宝，垂明月之珠，服太阿之剑，乘纤离之马，建翠凤之旗，树灵鼍之鼓：此数宝者，秦不生一焉，而陛下说之何也？必秦国之所生然后可，则是夜光之璧，不饰朝廷；犀象之器，不为玩好；郑卫之女，不充后庭；而骏马䯀骒，不实外厩；江南金锡不为用，西蜀丹青不为采。所以饰后宫、充下陈、娱心意、悦耳目者，必出于秦然后可，则是宛珠之簪，傅玑之珥，阿缟之衣，锦绣之饰，不进于前；而随俗雅化，佳冶窈窕，赵女不立于侧也。夫击瓮叩缶，弹筝搏髀，而歌呼呜呜，快耳目者，真秦之声也。郑、

15

卫、桑间、韶虞、武象者，异国之乐也。今弃击瓮而就
郑卫，退弹筝而取韶虞，若是者何也？快意当前，适观
而已矣。今取人则不然。不问可否，不论曲直，非秦者
去，为客者逐。然则是所重者，在乎色乐珠玉，而所轻
者在乎人民也；此非所以跨海内制诸侯之术也。

秦朝以后是前汉。前汉的赋家很多，如贾谊、枚乘、枚皋、
司马相如、东方朔、庄忌、王褒、扬雄，都很有
名，这里述贾
谊、枚乘、司马相如、扬雄四家。贾谊（前200—前168），洛
阳人，才思卓越，青年时就受汉文帝的赏识，擢拔为大中大夫。
他不但是一个文章家，也是一个政治家，可惜负才使气，遭到同
朝的谗害，文帝便对他疏远，外谪长沙。后文帝思念逐臣，仍旧
召他回来，却并不重用；因此贾谊悒郁寡欢，以三十三岁的青年
就病死了。他的怀才不遇，身世和屈原相似，在过长沙时，写了
一篇有名的《吊屈原赋》，以怀古伤今；又有一篇《鹏鸟赋》，
这是写自己的。他的政治论文也写得很不错，《过秦论》更脍炙
人口。

枚乘（？—前140），字叔，淮阴人。他当时极擅文名，为
诸王上客；在梁的时候，梁客都擅辞赋，而以枚乘称高手。汉武
帝也久震其盛名，及即位，枚乘已老，乃以安车蒲轮召他，他竟
于道中而死。他的赋今多不传。今所传者有《七发》。《七发》
的内容，说楚太子有疾，吴客往问，说七事以起发太子，故称
《七发》。后人模仿《七发》体裁的作品不少，遂称为"七"
体，是辞赋中一种别体。

前汉辞赋的大家不能不推司马相如（？—前118），他不但
文名卓著，就是他的恋爱故事，也为后世所称艳的。司马相如字

长卿，成都人。他初事汉景帝，旋游梁为宾客，那时梁孝王左右，如邹阳、枚乘、庄忌辈，都是有名的辞赋家。后来去梁，往依临邛令，临邛富人卓王孙，有女文君，寡居在家，羡慕相如的才艺，黑夜亡奔相如处，两人十分爱好。汉武帝即位后，钦佩他的文章，便召用他，很受武帝的知遇。后因消渴疾而死。他著名的作品，有《子虚》《上林》《大人》《长门》各赋，以《长门赋》最称情景兼到。据说他作《长门赋》，也有一段逸话：初，汉武帝宠极陈皇后，后来武帝别有所爱，陈皇后闲居在长门宫，冷落愁苦，乃奉黄金百斤给相如，请他作赋以感动王上。相如就作了《长门赋》，武帝读过，不禁勾起怀旧之情，陈皇后复得幸。司马相如的赋虽好，然而他的作品，只是供帝王贵族的娱乐，毫无个性的表现和情感的发抒，这正是汉赋的通病。

扬雄（前53—后18）和司马相如，可以说是一派。他字子云，也是成都人。他不但是文章家，也是一个渊博的学问家。他颇得汉成帝的信任，曾为成帝作《甘泉》《河东》《羽猎》《长杨》四赋，完全模仿司马相如，成功①一派娱乐帝王贵族的文学。还有一篇《剧秦美新》，意思是秦的暴虐和新（王莽所建的朝代号）的优美，歌颂篡位的王莽，颇为后人所訾议。他又模仿屈原的辞赋，写了几篇。但是扬雄并不是以辞赋传名，他的学术文章，颇有价值，著有《法言》《方言》《太玄》等篇。

后汉作辞赋的文人也不少，如班固、冯衍、张衡、崔骃、傅毅、马融、王逸、蔡邕等。但是他们承前汉的余流，以堆砌为能事，更毫无特色。比较有名的，只有作《两都赋》的班固；两

---

① 原文如此。今一般写作"成为"。

都是写西都长安，和东都洛阳，以作比较。以后张衡的《两京赋》，左思的《三都赋》，都是渊源于此的。不过班固之名，却是藉《汉书》而传，并不是靠辞赋呢。

辞赋（古赋）到汉末，已经意味索然，于是六朝的骈俪文代起。所谓俳赋，也不过是骈俪文的一体。三国时魏曹植，可说是承汉开晋的中继人物。曹植虽以诗名，但是文章也写得极好，他著名的作品，如《洛神赋》《与杨德祖书》《求自试表》等，都是骈俪文的前驱。曹植的父操（魏武帝）、兄丕（魏文帝），不但是政治家、诗人，写的文章也不错。但是在魏晋之间，文学的中心在于五言诗，诗人都兼擅文章的，这在下一节里并述了。

二　乐府和五言诗

中国最早的诗总集，《诗经》，其中的篇什，起初大概是可以歌唱的，后来其谱亡失，便只好吟咏，而不能歌唱了。到前汉时代，有乐府诗出，它的性质和《诗经》一样，也是可以按律而歌的诗篇。乐府本来是官府的名称，是掌乐歌的机关，汉武帝时始立乐府，并任李延年为协律都尉；后世却把乐府专指可以歌唱的诗篇。但是乐府诗和诗，并不必分别，它离开了谱律，便是很好的诗了。而且前汉的乐府诗还是后来五言诗的前驱呢。所以本书中把乐府诗和诗并在一起叙述。

乐府诗的种类很多。宋郭茂倩编《乐府诗集》，把先秦到五代的乐府，都收入进去，分作十二大类，那是：（一）郊庙歌辞，（二）燕射歌辞，（三）鼓吹歌辞，（四）横吹歌辞，（五）相和歌辞，（六）清商曲辞，（七）舞曲歌辞，（八）琴曲歌辞，（九）杂曲歌辞，（十）近代曲辞，（十一）杂歌谣辞，（十二）新乐府辞。乐府诗到如今，已不可歌唱了，只剩下美妙的词句，让读者欣赏；我们今日读乐府诗，不妨和宋词、元曲等量齐观，因为词和曲的开头，原也是可以按律而歌的，后来才由歌者移到文人手里。乐府诗的伏流，可以上溯《诗经》的国风，中经汉魏南北朝，唐的绝诗，宋的词，元的曲，直到近代的民谣、山歌和流行的歌辞，都是它的一脉呢。乐府诗还有一个特色，除了极少数的部分外，它是民间文学，民间文学的作者，总是无名氏；从这一点看来，乐府诗实在是中国极珍贵的文学宝藏呢。

汉代乐府诗中的《郊庙歌辞》《燕射歌辞》《舞曲歌辞》大多为帝王在祭祀、朝会、宴饮时所用，今流传的不多，有的不可解，有的全是祝颂教训的话，文学上的价值殊少，所以不必说起。《鼓吹歌辞》，其音律是从北方游牧民族传入的，带着壮阔豪放的风味，就是情诗也是如此。这里举《有所思》一首为例：

> 有所思，乃在大海南。何用问遗君，双珠玳瑁簪，
> 用玉绍缭之。闻君有他心，拉杂摧烧之。摧烧之，当
> 风扬其灰。从今已往，勿复相思，相思与君绝！鸡鸣狗
> 吠，兄嫂当知之。妃呼豨，秋风肃肃晨风飔，东风须臾
> 高知之。

李延年掌乐府的时候，曾采集各地如燕、代、秦、楚的乐歌，这是纯粹的民歌；其间因乐律的不同，分为《相和歌辞》《清商曲辞》《杂曲歌辞》三种。《相和歌辞》中最有名的，有《薤露》《蒿里》两曲，这是送葬歌。例如《薤露》：

> 薤上露，何易晞？露晞明朝更复落，人死一去何

时归？

《清商曲辞》流传下来的颇多，其中又可分为《平调》《清调》《瑟调》《楚调》《侧调》《大曲》六种。《平调》中的《长歌行》，"百川东到海，何时复西归？少壮不努力，老大徒伤悲"，就出典于此。《清调》中的《相逢狭路间行》，极为后人所传诵，是一首极好的五言叙事诗。《瑟调》中的《孤儿生行》，写孤儿受兄嫂虐待，妙到秋毫。《楚调》和《侧调》今只各存一种，都是绝好的五言诗。《大曲》今存九种。汉代乐府诗的精华，在于《清商曲辞》。《清商曲辞》的精华，在于《大曲》，其中如《东门行》、《艳歌罗敷行》（《陌上桑》）、《西门行》、《白头吟行》，都是杰作。这里举两篇为例：

艳歌罗敷行

日出东南隅，照我秦氏楼。秦氏有好女，自名为罗敷。罗敷喜蚕桑，采桑城南隅。青丝为笼系，桂枝为笼钩；头上倭堕髻，耳中明月珠；湘绮为下裙，紫绮为上襦。行者见罗敷，下担捋髭须，少年见罗敷，脱帽著帩头。耕者忘其犁，锄者忘其锄；来归相怨怒，但坐观罗敷。使君从南来，五马立踟蹰。使君遣吏往，问是谁家姝？"秦氏有好女，自名为罗敷。""罗敷年几何？""二十尚不足，十五颇有馀。"使君谢罗敷："宁可共载不？"罗敷前致词："使君一何愚！使君自有妇，罗敷自有夫。东方千馀骑，夫婿居上头。何用识夫婿？白马从骊驹。青丝系马尾，黄金络马头。腰中鹿卢剑，可值千万馀。十五府小吏，二十朝大夫，三十侍中郎，四十专城居。为人洁白皙，鬑鬑颇有须。盈盈公府步，冉冉府中趋。坐中数千人，皆言夫婿殊。"

白头吟行

皑如山上雪，皎若云间月。闻君有两意，故来相决
绝。今日斗酒会，明旦沟水头。躞蹀御沟上，沟水东西
流。凄凄复凄凄，嫁娶不须啼；愿得一心人，白头不相
离。竹竿何袅袅，鱼尾何簁簁。男儿重意气，何用钱刀
为？

《杂曲歌辞》也许虽可歌唱，而不能入乐的。其中有名的几
篇，如《冉冉孤生竹》（傅毅）、《羽林郎》（辛延年）、《董
娇娆》（宋子侯）、《驱车上东门》、《悲歌行》、《枯鱼过河
泣》等，大多是五言诗的体裁。兹录《悲歌行》一首：

悲歌可以当泣，远望可以当归。思念故乡，郁郁累
累。欲归家无人，欲渡河无船。心思不能言，肠中车轮
转。

乐府既然是采集民间可歌的诗篇，大行于前汉，到后汉便有
五言诗的萌芽。初期的五言诗，完全是模仿乐府诗的，在后汉和
魏初，还是这样。所以前人主张五言诗在前汉就有，是靠不住
的。主张五言诗起于前汉的，以李陵、苏武的《赠答诗》和《古
诗十九首》中有枚乘的作品为证据。其实苏、李的赠答诗写得虽
好，却是后人的伪托，止像著名的李陵《答苏武书》一样，一定
是六朝人的手笔；至于《古诗十九首》创作时期，最早也当在建
安前后，决不会在前汉的。故本书述五言诗，在后汉开始。

最初的五言诗作家，今可考见的，都在后汉之末，而以秦
嘉、蔡邕、蔡琰等最著。秦嘉有《赠妇诗》数首。蔡邕（伯喈）

21

可说是后汉末年的大家，他擅书法，娴音律，文章写得极好，五言诗也深得乐府的遗风。蔡琰（文姬）是邕的女儿，她的命运真够悲苦了，初嫁丧夫，不久被匈奴所掳，归南匈奴左贤王；在胡中十二年，生二子。曹操因感念蔡邕，从匈奴中把琰赎回。她有一首《悲愤诗》，记载自己不幸的遭遇，真是凄惋到极点的。不过这时候的五言诗虽好而并不多，到汉献帝建安时候，才盛极一时了。

建安（献帝年号）时代，政治上的大权，都操在曹操手里，文坛上的重心，也在曹操身上。在政治上，史家谥曹操为奸雄；然而在文坛上，他不愧是一个忠实的诗人。他的诗文，苍苍凉凉，充满着悲壮的气息。他不但作五言诗，还作四言诗，而四言诗并不是《诗经》的旧套，却有他自己的作风，这里录一首，《龟虽寿》：

神龟虽寿，犹有竟时；腾蛇乘雾，终为土灰。老骥伏枥，志在千里；烈士暮年，壮心不已！盈缩之期，不独在天；养怡之福，可得永年。幸甚至哉，歌以咏志。

曹操的两个儿子，也是大作家。长子丕（魏文帝），其诗婉约娟秀，好像少女一样，和操的苍凉豪放不同。这里录其《杂诗》一首：

西北有浮云，亭亭如车盖，惜者时不遇，适与飘风会。吹我东南行，南行至吴会；吴会非我乡，安能久留滞？弃置勿复陈，客子常畏人。

曹操的第三子植（192—231）字子建，其对于文学的成就，更高于父兄。他在幼时便很聪明，辞赋惊人，深得曹操的宠爱，据说操曾一度把太子属意于他的。但是后来终于曹丕占了先着。

曹丕即位后，对于植自然不免猜疑，虽然未曾演成骨肉相残，然而植从此飘流外县，抑郁无欢。他想做点事业，但总没有机会，其实像他那样诗人的气质，原是不要干政治好。他后在不得志中死去，因为封于陈，谥曰思，故世称陈思王。他的诗文流传至今的，有《曹子建集》十卷。其诗在建安中可称独步；五言诗最伟大的作家，不能不算他和晋末的陶潜，所以后世把曹和陶推为双璧。这里录其《情诗》一首，是写他离居之情的：

> 微阴翳阳景，清风飘我衣。游鱼潜绿水，翔鸟薄天飞。渺渺客行士，徭役不得归；始出严霜结，今来白露晞。游子叹黍离，处者歌式微。慷慨对嘉宾，凄怆内伤悲。

曹植的诗，丰姿秀逸，声光兼美，他的文章也是这样的；如《洛神赋》描写洛神的容姿，真绮丽到极点。总之，曹氏父子，作风和成就，各各不同，而以植为最大。

当时的文学家，除曹氏父子屹然为领袖外，其下有建安七子。建安七子者，孔融、陈琳、王粲、徐干、阮瑀、应场、刘桢。比较著名的，是王粲和刘桢。王粲兼擅辞赋，其《登楼赋》一篇最好。刘桢的诗比较气概爽朗。这里举刘桢的《赠从弟》一首，以作建安七子的例：

> 亭亭山上松，瑟瑟谷中风。风声一何盛，松枝一何劲！冰霜正惨凄，终岁常端正。岂不罹凝寒，松柏有本性。

但是五言诗最大的杰作，不能不推《古诗十九首》。《古诗十九首》著作的时期，还待考证家的仔细研究，不曾有结论。但是我们可以说，它们著作时期，先后不一，大致总在建安前后。

它们的作者，今不可考，虽有人说中间有枚乘、傅毅、王褒的作品，也乏确切的证据，还是让它永远是无名氏吧。这十九首，真是篇篇锦绣，字字千金，怪不得作《诗品》的钟嵘，很早就叹赏它。这是真情的流露，因君臣、夫妇、朋友、离合死生之际所感，发而为诗，所以反复低徊，抑扬无尽。《十九首》是无题的，这里举两篇为例：

> 行行重行行，与君生别离，相去万余里，各在天一涯。道路阻且长，会面安可知。胡马依北风，越鸟巢南枝。相去日已远，衣带日已缓。浮云蔽白日，游子不顾反。思君令人老，岁月忽已晚；弃捐勿复道，努力加餐饭！

> 涉江采芙蓉，兰泽多芳草。采之欲遗谁？所思在远道。还顾望旧乡，长路漫浩浩。同心而离居，忧伤以终老。

建安之后，便有正始。正始虽然是魏废帝的年号，但已经是司马氏擅权的时候。所以我们把正始作家，留到下一章来说。在这一节里，我们可以看到，从后汉到魏，五言诗的基础已定，为当时诗体的正统，此后的诗人大多以这形式来发表作品了。

三　历史文和学术文

两汉的文章，以辞赋为宗，但是在现代看来，以堆砌为主的汉赋，真是雕虫小技，实无足观。如果要看两汉活的文章，还是舍了辞赋，来读"不以能文为主"的历史文和学术文。其中更算千古杰出的，是司马迁的《史记》。《史记》是中国正史中的第一本，分《本纪》《书》《表》《世家》《列传》等百三十篇，开后世作史的体例，其在史学上有着极大的功绩。但是我们且不把《史记》当一部正史，就文论文，也觉得它是一部极伟大的文学作品。司马迁（前145—前86）字子长，夏阳人。他的父亲司马谈，原是汉朝的太史令，谈死后，此职由司马迁所继任。迁从小喜欢漫游，几乎中国的名山大川他都到过，因此养成他阔大的眼界。他的素性，慷慨重意气，曾经为降敌的李陵向政府辩解，触怒汉武帝，处他以腐刑。从此他的心里，满蕴着愤激不平的念头，就在编撰《史记》的时候，也不自觉的流露着。《史记》中的史实和体例，偶尔也有谬误，这是司马迁好奇之过；与其把它当作历史读，还不如当作小说读更好。因为司马迁描写人物的言行和事迹，真是生动得异常；他的文笔，滂薄淋漓，藉以宣泄他郁结的心胸。《史记》中最杰出的，是《项羽本纪》一篇，作者不用说对于失败的英雄项羽，抱着极大的同情。这里节录其中最著名的一段"鸿门之会"：

沛公旦日从百余骑，来见项王，至鸿门，谢曰："臣与将军，戮力而攻秦。将军战河北，臣战河南。然不自意，能先入关破秦，得复见将军于此。今者有小人之言，令将军与臣有郤。"项王曰："此沛公左司马曹无伤言之。不然，籍何以至此。"

项王即日因留沛公与饮。项王、项伯东向坐，亚父南向坐。亚父者，范增也。沛公北向坐，张良西向侍。范增数目项王，举所佩玉玦以示之者三。项王默然不应。范增起，出召项庄，谓曰："君王为人不忍。若入前为寿，寿毕，请以剑舞，因击沛公于坐杀之。不者，若属皆且为所虏。"庄则入为寿，寿毕曰："君王与沛公饮，军中无以为乐，请以剑舞。"项王曰："诺。"项庄拔剑起舞，项伯亦拔剑起舞，常以身翼蔽沛公，庄不得击。

于是张良至军门见樊哙。樊哙曰："今日之事何如？"良曰："甚急！今者项庄拔剑舞，其意常在沛公也。"哙曰："此迫矣，臣请入与之同命！"哙即带剑拥盾入军门。交戟之卫士欲止不内，樊哙侧其盾以撞，卫士仆地，哙遂入披帷，西向立，瞋目视项王，头发上指，目眦尽裂。项王按剑而跽曰："客何为者？"张良曰："沛公之参乘樊哙者也。"项王曰："壮士！赐之卮酒。"则与斗卮酒。哙拜谢，起立而饮之。项王曰："赐之彘肩。"则与一生彘肩。樊哙覆其盾于地，加彘肩上，拔剑切而啖之。项王曰："壮士能复饮乎？"樊哙曰："臣死且不避，卮酒安足辞！夫秦王有虎狼之心，杀人如不能举，刑人如恐不胜，天下皆叛之。怀王与诸将约曰：'先破秦入咸阳者王之。'今沛公先破秦入咸阳，毫毛不敢有所近，封闭宫室，还军霸上，以待大王来。故遣将守关者，备他盗出入与非常也。劳苦而功高如此，未有封侯之赏，而听细说，欲诛有功之人，此亡秦之续耳！窃为大王不取也。"项王未有以应，曰："坐。"樊哙从良坐。坐须臾，沛公起如厕，因招樊哙出。

沛公已出，项王使都尉陈平召沛公。沛公曰："今者出未辞也，为之奈何？"樊哙曰："大行不顾细谨，大礼不辞小让。如今人方为刀俎，我为鱼肉，何辞为！"于是遂去，乃令张良留谢。良问曰："大王来何操？"曰："我持白璧一双，欲献项王；玉斗一双，欲与亚父。会其怒，不敢献，公为我献之。"张良曰："谨诺。"当是时，项王军在鸿门，沛公军在霸上，相去四十里。沛公则置车骑，脱身独骑，与樊哙、夏侯婴、靳彊、纪信等四人，持剑盾步走，从郦山下道芷阳间行。沛公谓张良曰："从此道至吾军，不过二十里耳，度我至军中，公乃入。"

沛公已去，间至军中，张良入谢曰："沛公不胜杯杓，不能辞。谨使臣良，奉白璧一双，再拜献大王足下；玉斗一双，再拜奉大将军足下。"项王曰："沛公安在？"良曰："闻大王有意督过之，脱身独去，已至军矣。"项王则受璧置之坐上。亚父受玉斗置之地，拔剑撞而破之，曰："唉，竖子不足与谋！夺项王天下者，必沛公也！吾属今为之虏矣。"

沛公至军，立诛杀曹无伤。

所谓《二十四史》中，第一部是司马迁的《史记》，第二部是班固的《汉书》。《汉书》是中国断代史之祖，叙述从汉高祖起到王莽死为止的史实。它的体例，较《史记》为谨严，事迹也较《史记》为翔实，是一部"历史的"历史，而不像《史记》那样是"文学的"历史。因为班固自己，也是一个和蔼冲淡的人，不像司马迁的豪爽慷慨。纵然如此，以文章来论，《汉书》也不愧是极明畅流丽的散文，它在文学上的价值，比班固矫揉造作的辞赋，要高得多了。而且《汉书》的纪事工夫，也很宛曲详尽，虽然没有《史记》的遒劲雄浑，可是比后来诸史，仍旧不愧是领袖的。这里录一段：

> 上思念李夫人不已。方士齐人少翁，言能致其神，乃夜张灯烛，设帐帷，陈酒肉，而令上居他帐。遥望见好女如李夫人之貌，还帷坐而步，又不得就视。上愈益相思悲感，为作诗曰："是耶非耶？立而望之，何姗姗其来迟！"令乐府诸音家弦歌之。

两汉时代的散文，除司马迁、班固的历史文外，上承先秦诸子的学术文，也是可观的作品。不过汉朝思想家，其价值和先秦诸子相去霄壤，惟文采稍胜。比较在文章和思想两方面都好的，只有作《论衡》的王充；而且《论衡》之中，也有最早的文学批评。这里节录《艺增篇》的一段：

> 世俗所患，患言事增其实。著文垂辞，辞出溢其真：称美过其善，进恶没其罪？何则？俗人好奇，不奇，言不用也。故誉人不增其美，则闻者不快其意；毁人不益其恶，则听者不惬于心，闻一增以为十，见百益以为千，使夫纯朴之事，十剖百判；审然之语，千反万畔。墨子哭于练丝，杨子哭于歧道，盖伤失本，悲离其实也。蜚流之言，百传之语，出小人之口，驰闾巷之间，其犹是也。诸子之文，笔墨之疏，人贤所著，妙思所集，宜如其实，犹或增之。倘经艺之言，如其实乎？言审莫过圣人，经艺万世不易，犹或出溢，增过其实；增过其实，皆有事为，不忘乱误，以少为多也。然而必论之者，方言经艺之增与传语异也。经增非一，略举

较著，令恍惑之人，观览采择，得以开心通意，晓解觉悟。

从秦汉而到三国，普通的文章方面，有一点极应该注意的地方，便是文句已有工整的趋势。本来，文句的对偶骈俪，原是中国语文中独有的艺术，先秦的散文中，也常有骈句。到秦代，工整愈显，不过还是偶然的。如李斯《谏逐客书》，就是一例。两汉时代，辞赋发达，句子务求工整，连带辞赋以外的散文，也受到影响。如上面所举的王充《艺增篇》一节，俪句极多，大异先秦诸子的作风。更甚者，如朝廷上的章表奏议，简直已有骈俪文的风味。所以到了魏晋以还，文章方面，完全是骈俪文的领域了。

第三章　两晋南北朝的文学

一　骈俪文的极盛

经过汉末的群雄割据三国鼎峙之后，司马氏起而篡魏灭蜀并吴，统一中国，建立晋朝。然而晋既得国不正，又大封宗室，使中央陷于尾大不掉的状态。开国不久，旋有八王之乱，中国元气大丧，于是游牧民族崛起北方，而有五胡乱华事。这其间丧乱频仍，厌世思想流行，士大夫专务清谈，蹭越礼法。但是在文章方面，却落入极拘束的状态中，骈俪文变成极盛，这是绝妙的对照。两晋六朝的文章，不但抒情写景的文字出以骈俪，就是说理的文字，也求其工整，几乎有非骈俪不是文学之概。在这样的情形下，纯粹的散文，除了实用的文件以外，真是极少的。然而那个时代的骈俪文，虽然雕琢字句，格局不大，然而秀逸清新，音调铿锵，可以说是美文的杰作，不能以雕琢一概抹杀呢。

两晋南北朝时代的骈俪文作家，同时也是诗人，有的诗胜于文，有的文胜于诗，有的诗文兼胜。这里只叙述文章方面，几个大作家的生平，留待次节来说。两晋南北朝时代，究竟骈俪文是怎样的兴盛呢？第一，抒情的文章，自然出诸骈俪文，如江淹的

《恨赋》《别赋》，即是好例。这里录《恨赋》一节：

> 若乃赵王既虏，迁于房陵。薄暮心动，昧旦神兴。别艳姬与美女，丧金舆及玉乘。置酒欲饮，悲来填膺，千秋万岁，为怨难胜。至如李君降北，名辱身冤。拔剑击柱，吊影惭魂。情往上郡，心留雁门；裂帛系书，誓还汉恩。朝露溘至，握手何言！若夫明妃去时，仰天太息。紫台稍远，关山无极。摇风忽起，白日西匿；陇雁少飞，代云寡色。望君王兮何期，终芜绝兮异域。

第二，以描写为主的辞赋，也摆脱了汉代敷陈堆砌的样子，而以骈俪出之，寓情于景，令读者低徊不已。如庾信的《哀江南赋》：

> 水毒秦泾，山高赵陉。十里五里，长亭短亭。饥随蛰燕，暗逐流萤。秦中山黑，关上泥青。于是瓦解冰泮，风飞电散；浑然千里，淄渑一乱。雪暗如沙，冰横似岸。逢赴洛之陆机，见离家之王粲；莫不闻陇水而掩泣，向关山而长叹！况复君在交河，妾在清波，石望夫而逾远，山望子而逾多。才人之忆代郡，公主之去清河。栩阳亭有离别之感，临江王有愁思之歌。别有飘飘武威，羁旅金微，班超生而望返，温序死而思归；李陵之双凫永去，苏武之一雁空飞。

第三，作为公文书的章表、奏议、召令等，本以富丽堂皇为主，而骈俪文正有这样的特长，所以当时朝廷上的文章，广用骈俪文，影响直到后世未已。这里举上行文的李密《陈情表》一段：

> 臣以险衅，夙遭闵凶。生孩六月，慈父见背；行年

四岁，舅夺母志。祖母刘，愍臣孤弱，躬亲抚养。臣少多疾病，九岁不行，零丁孤苦，至于成立。既无叔伯，终鲜兄弟：门衰祚薄，晚有儿息。外无期功强近之亲，内无应门五尺之僮。茕茕独立，形影相吊。

第四，说理论学的文章，居然也用骈俪文来写。照理，以骈俪文说理论学，是不能够达意的，然而六朝的学者，却写得极流畅，绵密透澈，令读者好像在看散文一样。像南北朝时代最有名的文学批评，刘勰的《文心雕龙》，全书都出以骈俪文。又如陆机的《文赋》，也是一篇关于文学批评的作品，却是很好的骈俪文。这里且录《文赋》的一段，以见一斑：

体有万殊，物无一量；纷纭挥霍，形难为状。辞程才以效伎，意司契而为匠。在有无而俛俯，当浅深而不让。虽离方而遁员，期穷形而尽相。故夫夸目者尚奢，惬心者贵当；言穷者无隘，论达者唯旷。诗缘情而绮靡，赋体物而浏亮。碑披文以相质，诔缠绵而凄怆，铭博约而温润，箴顿挫而清壮，颂优游以彬蔚，论精微而朗畅，奏平彻以闲雅，说炜晔而谲诳。虽区分之在兹，亦禁邪而制放；要辞达而理举，故无取乎冗长。

第五，应用的书牍，也常作骈俪文。有时骈散兼行，词意斐然，成为美文中的杰作。如丘迟《与陈伯之书》的末段：

暮春三月，江南草长；杂花生树，群莺乱飞。见故国之旗鼓，感平生于畴日。抚弦登陴，岂不怆悢！所以廉公之思赵将，吴子之泣西河，人之情也，将军独无情哉？想早励良规，自求多福。当今皇帝盛明，天下安乐。白环西献，楛矢东来。夜郎滇池，解辫请职；朝鲜昌海，蹶角受化。唯北狄野心，偃强沙塞之间，欲延岁月之命耳。中军临川殿下，明德茂亲，总兹戎重。吊民洛汭，伐罪秦中。若遂不改，方思仆言。聊布往怀，君其详之。

冗长的书牍较少，在日用上，总是简短的小启较多。南北朝时代的小启，出以骈俪文，有的婉转绮丽，有的轻盈秀逸，就是短短一纸便条，也是百诵不厌的美文。怪不得六朝小品，直到现在，还有人仿作呢。这样的小启极多，这里录庾信的《谢赵王赍丝布启》一篇：

某启：奉教垂赍杂色丝布三十段。去冬凝闭，今春严劲，霰似琼田，凌如盐浦。张超之壁，未足障风；袁安之门，无人开雪。覆鸟毛而不暖，然兽炭而逾寒。远降圣慈，曲垂矜赈。谕其蚕月，始罄桑车。津实秉杼，几空织室。遂令新市数钱，忽疑败彩；平陵月夜，惊闻捣衣。妾遇新缣，自然心伏；妻闻裂帛，方当含笑。庄周车辙，实有涸鱼；信陵鞭前，元非穷鸟。仰蒙经济，伏荷深慈。

文章到了南北朝时代，真是有文皆骈，无句不俪；虽然渐落小家气数，然而在中国文学史上，却不能抹杀它的地位；文章的色彩和声音之美，到六朝的骈俪文，已经是叹为观止了。这时代最后的两位作家，徐陵与庾信，极注意形式和声调，而且喜欢用四六句，间隔作对，后世竞向仿效，遂开骈俪文的"四六"一派。徐陵的《玉台新咏序》，是古今极有名的四六文之一，这里也节录一段，以见南北朝时代骈俪文最后的作风，和从两汉辞赋、六朝骈俪文到后来唐宋四六文的过渡：

33

凌云概日，由余之所未窥；千门万户，张衡之所曾赋。周王璧台之上，汉帝金屋之中，玉树以珊瑚作枝，珠帘以玳瑁为匣，其中有丽人焉。其人也，五陵豪族，充选掖庭；四姓良家，驰名永巷。亦有颍川新市，河间观津，本号娇娥，曾名巧笑。楚王宫内，无不推其细腰；魏国佳人，俱言讶其纤手。阅诗敦礼，非直东邻之自媒；婉约风流，无异西施之被教。弟兄协律，自小学歌；少长河阳，由来能舞。琵琶新曲，无待石崇；箜篌杂引，非关曹植。传鼓瑟于杨家，得吹箫于秦女。至若宠闻长乐，陈后知而不平；画出天仙，阏氏览而遥妒。且如东邻巧笑，来侍寝于更衣；西子微颦，将横陈于甲帐。陪游馺娑，骋纤腰于结风；长乐鸳鸯，奏新声于度曲。妆鸣蝉之薄鬓，照堕马之垂鬟。反插金钿，横抽宝树。南都石黛，最发双蛾；北地燕支，偏开两靥。亦有岭上仙童，分丸魏帝；腰中宝凤，授历轩辕。金星与婺女争华，麝月共嫦娥竞爽。惊鸾冶袖，时飘韩掾之香；飞燕长裾，宜结陈王之佩。虽非图画，入甘泉而不分；言异神仙，戏阳台而无别。真可谓倾国倾城，无对无双者也。

二 五言诗的极盛

自魏晋以来，一般文人作诗，喜用五言，成功[①]当时的风

---

① 原文如此。今一般写作"成为"。

气。不过当时的五言诗，还是古体。直到齐梁之后，五言诗渐渐注重规律，而成从古体到近体的枢纽。这一节留待下面再细说。魏晋南北朝的五言诗，和文章注重骈俪一样，诗的作风也是绮丽铺叙，词藻较胜，而情意转枯的。只有很少的几个作家，才能脱出窠臼，大致说来总是微嫌雕斫而堆砌的。这里且依次序来叙述。

两晋南北朝时代的诗人，最早的是正始作家。正始虽是魏废帝的年号，然而司马氏擅权，接着便建立晋朝，诗人们大都兼事两代的。正始作家著名者，有阮籍、嵇康、山涛、向秀、刘伶、阮咸、王戎，所谓竹林七贤，便是他们。他们生逢乱世，养成消极颓唐的风气，于是潜心老庄，蔑视礼法，专务清谈，成为极放佚的人物；虽然说晋以清谈亡国，可是那些消极颓唐的人物，也有不得已的苦衷呢。如阮籍（210—263），是正始中最伟大的作家，他实在是忠心耿耿的人物，不过当易代之际，说话行动，都很不容易，不得不借酒沉醉，藉远祸患。他为敷衍司马氏起见，勉强做了几次官，一度作步兵校尉，故后人称他阮步兵。其实他的心里，真有难言之痛的。满腔的牢骚和感想，便借诗表示出来。他的《咏怀诗》八十二首，悲凉沉挚，自来均称为杰作；从《咏怀诗》里看到的阮籍的面目，迥不是放佚、沉醉、痴狂的人物了。这里录几首如下：

> 夜中不能寐，起坐弹鸣琴。薄帷鉴明月，清风吹我衿。孤鸿号外野，翔鸟鸣北林。徘徊将何见，忧思独伤心。

> 嘉树下成蹊，东园桃与李。秋风吹飞藿，零落从此

始。繁华有憔悴，堂上生荆杞。驱马舍之去，去上西山趾。一身不自保，何况恋妻子！凝霜被野草，岁暮亦云已。

登高临四野，北望青山阿。松柏翳冈岑，飞鸟鸣相过。感慨怀辛酸，怨毒常苦多。李公悲东门，苏子狭三河。求仁自得仁，岂复叹咨嗟。

嵇康与阮籍齐名。他的诗和阮籍比较起来，没有籍那样的含蕴深切，愤激之气，时时流露出来。这里录其《述志》一首。他其他的作品，以四言居多，不加引述了：

潜龙育神躯，濯鳞戏兰池。延颈慕大庭，寝足俟皇羲。庆云未垂景，盘桓朝阳陂。悠悠非我匹，畴肯应俗宜！殊类难遍周，鄙议纷流离。轗轲丁悔吝，雅志不得施。耕辍感宁越，马席激张仪。逝将离群侣，杖策追洪崖。焦鹏振六翮，罗者安所羁？浮游太清中，更求新相知。比翼翔云汉，饮露餐琼枝。多念世间人，凤驾咸驱驰。冲静得自然，荣华安足为？

正始作家之后，有太康作家。太康为晋武帝年号，因此太康作家，大都是晋初的人。当时擅长诗文的人，有三张（华、载、协）二陆（机、云）两潘（岳、尼）一左（思）之称。其中张协的作品传者不多，而以清雅胜。如他的《杂诗》：

秋夜凉风起，清气荡暄浊。蜻蛚吟阶下，飞蛾拂明烛。君子从远役，佳人守茕独。离居几何时，钻燧忽改木。房栊无行迹，庭草萋以绿。青苔依空墙，蜘蛛网四屋。感物多所怀，沉忧结心曲。

陆机（261—303）可以说是当时最伟大的作家。他原是世家子，父陆抗，祖陆逊，是东吴的大臣。机和兄弟陆云，并擅文名，而以机称最。他的词赋做得很多，而且素来脍炙人口，骈俪文的兴起，他实在是一个领袖。他的诗文，今传有《陆士衡集》十卷，士衡是机的字。他的五言诗和他的文一样，也渐趋粉饰，没有阮籍嵇康那样的高古。这里录《为顾彦先赠妇》二首，比较算是冲淡的：

　　辞家远行游，悠悠三千里。京洛多风尘，素衣化为缁。修身悼忧苦，感念同怀子。隆思辞心曲，沉欢滞不起。欢沈难克兴，心乱谁为理？愿假归鸿翼，翻飞浙江汜。

　　东南有思妇，长叹充幽闼。借问叹何为？佳人渺天末。游宦久不归，山川修且阔。形影参商隔，音息旷不达。离合非有常，譬彼弦与筈。愿保金石躯，慰妾长饥渴。

潘岳也像陆机一样，辞赋和五言诗都写得很好。他的赋如《秋兴》《闲居》《怀旧》《西征》，都是很有名的。其诗如纪念他亡妻而作的《悼亡诗》，最为后人所传诵。这里录其一首：

　　荏苒冬春谢，寒暑忽流易。之子归穷泉，重壤永幽隔。私怀谁克从，淹留亦何益！僶俛恭朝命，回心反初役。望庐思其人，入室想所历。帏屏无仿佛，翰墨有馀迹。流芳未及歇，遗挂犹在壁。怅恍如或存，周遑忡惊惕。如彼翰林鸟，双栖一朝只；如彼游川鱼，比目中路析。春风缘隙来，晨霤承檐滴。寝息何时忘，沉忧日盈积。庶几有时衰，庄缶犹可击。

左思字太冲，他的诗文，堪和陆机齐名。其名篇《三都赋》，写魏、蜀、吴三都，据说构思十年方成，豪家竞相传写，洛阳为之纸贵。其实他的辞赋并没有什么特色，倒是他的诗，高旷雄俊，远在陆机、潘岳之上，可称太康作家中第一。他最好的诗篇，是《咏史诗》，这和阮籍的《咏怀诗》，作风完全一致，实在是西晋的伟制，兹录两首：

弱冠弄柔翰，卓荦观群书；著论准《过秦》，作赋拟《子虚》。边城苦鸣镝，羽檄飞京都。虽非甲胄士，畴昔览《穰苴》。长啸激清风，志若无东吴。铅刀贵一割，梦想骋良图。左眄澄江湘，右盼定羌胡。功成不受爵，长揖归田庐。

郁郁涧底松，离离山上苗。以彼径寸茎，荫此百尺条。世胄蹑高位，英俊沉下僚。地势使之然，由来非一朝！金张籍旧业，七叶珥汉貂。冯公岂不伟，白首不见招。

当西晋东晋之交，著名的诗人，有刘琨、郭璞两人。刘琨字越石，他的诗正如其人，带着豪气。郭璞的诗，实在比刘琨更为人所传诵。璞（277—324）字景纯，他是一个神秘的人物，据说擅长道术，精于卜筮堪舆之技。他的学问很渊博，曾注过《尔雅》《方言》《楚辞》《穆天子传》《山海经》等。他的《游仙诗》，也是咏怀之类，但是材料完全取自神话，为游仙文学放一大光明，读之也有飘飘然之概，他的思想高超，就此可以概见了。这里录《游仙诗》两首：

京华游侠窟，山林隐遁栖。朱门何足荣，未若托蓬莱。临源抱清波，陵冈掇丹荑。灵溪可潜盘，安事登云梯！漆园有傲吏，莱氏有逸妻。进则保龙见，退为触藩羝。高蹈风尘外，长揖谢夷齐。

翡翠戏兰苕，容色更相鲜。绿萝结高林，蒙笼盖一山。中有冥寂士，静啸抚清弦；放情陵霄外，嚼蕊挹飞泉。赤松临上游，驾鸿乘紫烟。左挹浮丘袖，右拍洪崖肩。借问蜉蝣辈，宁知龟鹤年？

东晋末年，出了一位空前的大诗人陶潜（365—427），字渊明，浔阳人。一说他原名渊明，字元亮，晋亡后，始改名潜。后人私谥为靖节先生。他的天性，原极淡泊高尚，乐观自得，又后遭时不靖，饮酒自晦，更爱孤傲的菊花，以托其心境。他的诗文都写得极好。先说文章，他的文章流传的虽不多，可以说篇篇是杰作。如《五柳先生传》，是夫子自道；《桃花源记》写他理想的世界，悠然物外，正是一篇绝妙的短篇小说；《归去来辞》非诗非文，是诗是文，抒写他旷淡的本性；《自祭文》则流露着他达观的气息。至于他的诗，开田园一派，影响之大，为古来诗人所少有。试论他的诗，可以冲淡恬适四字概括之；这是他高尚纯洁的人格的表现，也是他隐居遁世的生活的反映。他虽然淡于名利，却不是消极颓唐的人，因此诗里蕴着丰富的感情。他也有激昂的诗，如《拟古》《咏荆轲》等。他的诗虽然清淡，而不致流于干枯，所谓"质而实绮，癯而实腴"。他的质朴自然之美，和同时作家的雕琢涂饰，真是不可同日而语的。有《陶渊明集》十卷行世。这里录其名著几篇：

读山海经

孟夏草木长，绕屋树扶疏。众鸟欣有托，吾亦爱吾庐。既耕亦已种，时还读我书。穷巷隔深辙，颇回故人车。欢然酌春酒，摘我园中蔬。微雨从东来，好风与之俱。泛览《周王传》，流观《山海图》。俯仰终宇宙，不乐复何如？

咏贫士诗

万族各有托，孤云独无依。暧暧虚中灭，何时见余晖。朝霞开宿雾，众鸟相与飞。迟迟出林翮，未夕复来归。量力守故辙，岂不寒与饥？知音苟不存，已矣何所悲。

杂 诗

结庐在人境，而无车马喧。问君何能尔？心远地自偏。采菊东篱下，悠然见南山。山气日夕佳，飞鸟相与还。此还有真意，欲辨已忘言。

拟古诗

日暮天无云，春风扇微和。佳人美清夜，达曙酣且歌。歌竟长叹息，持此感人多。明明云间月，灼灼叶中花。岂无一时好，不久当如何？

陶潜的晚年，东晋已为刘宋所篡。刘宋时代，五言古诗仍极流行，一仍旧贯。这时的诗，称为元嘉体，元嘉为宋文帝的年号。其特征是雕琢更甚，意境渐浅。而雕琢最甚的，就是颜延之（延年），所谓"若铺锦列绣，雕绘满眼"。试举他的一篇《侍游》：

> 虞风载帝狩，夏谚颂王游。春方动辰驾，望幸倾五州。山祇跸峤路，水若警沧流。神御出瑶轸，天仪降藻舟。万轴胤行卫，千翼泛飞浮。雕云丽璇盖，祥飙被彩斿。江南进荆艳，河激献赵讴。金练照海浦，箭鼓震溟洲。藐盼觌青崖，衍漾观绿畴。人灵骞都野，鳞翰聳渊丘。德礼既普洽，川岳遍怀柔。

颜谢齐名，颜实不及谢。谢就是谢灵运（385—433）。谢灵运最好游玩山水，他是一个专咏风景的诗人，但是也带着雕琢气，远不如陶潜的纯乎自然。他的族弟谢惠连，也擅诗文。据说灵运的名句"池塘生春草"是梦惠连而成的。这里举两人的作品各一首：

晚出西射堂 谢灵运

> 步出西城门，遥望城西岑。连嶂叠巘巇崿，青翠杳深沉。晓霜枫叶丹，夕曛岚气阴。节往戚不浅，感来念已深。羁雌恋旧侣，迷鸟怀故林。含情尚劳爱，如何离赏心？抚镜华缁鬓，揽带缓促衿。安排徒空言，幽独赖鸣琴。

玩月 谢惠连

> 日落泛澄瀛，星罗游轻桡。憩榭面曲汜，临流对回潮。辍策共骈筵，并坐相招要。哀鸿鸣沙渚，悲猿响山椒。亭亭映江月，浏浏出谷飚；斐斐气幕岫，泫泫露盈

条。近瞩祛幽蕴，远视荡喧嚣。晤言不知罢，从夕至清
朝。

然而刘宋的大作家，我们不能不推鲍照。鲍照字明远，曾为
临海王的参军，故后世称他为鲍参军。他因为出身寒贱，在重门
阀的南北朝时代，很不得意，所谓"才秀人微，故致湮当代。"
然而他的诗文，却远胜颜、谢。其辞赋如《芜城赋》，凄凉无
限，另外的骈俪文，也写得极好。他的诗，杜甫已有"俊逸鲍参
军"的批评，俊逸正是他的特长。他的乐府诗，虽然是拟古，也
很苍劲有力。这里录他的诗和乐府各一首：

登黄鹤矶

木落江渡寒，雁还风送秋。临流断商弦，瞰川悲棹
讴。适郢无东辕，还夏有西浮。三崖隐丹磴，九派引沧
流。泪竹感湘别，弄珠怀汉游。岂伊药饵泰，得夺旅人
忧。

东门行

伤禽恶弦惊，倦客恶离声。离声断客情，宾御皆涕
零。涕零心断绝，将去复还诀。一息不相知，何况异乡
别。遥遥征驾远，杳杳落日晚。居人掩闺卧，行子夜中
饭。野风吹秋木，行子心肠断。食梅常苦酸，衣葛常苦
寒。丝竹徒满坐，忧人不解颜。长歌欲自慰，弥起长恨
端。

萧氏篡宋，建国南齐，当时的诗人，有所谓永明作家。永明
是齐武帝的年号。永明作家，在中国文学史上，占据着重要的地
位。但是他们之所以重要，并不是作品的瑰伟，乃是由于影响之

大。永明作家，可以说是从古体诗到近体诗的过渡者。原来佛教从后汉时传入中国，历两晋到南北朝而极盛，因为翻译佛典的缘故，遂开中国的声韵之学。声韵学一昌明，影响便及到文学上面。诗的音调，本是极注重的，但古体诗只务自然的音节，并不一意推求考究，至是遂有四声八病说出。四声是平、上、去、入，八病是平头、上尾、蜂腰、鹤膝、大韵、小韵、旁纽、正纽。经过了这样的规定，诗的音节之美，果然有路可求，不必意会神通，然而无形给自由的古体诗上了拘束，渐酝酿成功以后讲规律的近体诗。所以它的功罪，诚是难言的。而且魏晋以来，诗句也有骈偶的趋势，等到四声八病说出，律诗也在萌芽着。于是从永明以后，古诗的气氛渐薄，为后来的近体诗律和绝导其先路了。

永明的作家可说的，实在只有一个谢朓（464—499）。朓字玄晖，一度为宣城太守，所以后世称他为谢宣城。他的诗非常秀丽，李白曾说："蓬莱文章建安骨，中间小谢又清发。"又说"解道澄江静如练，令人长忆谢玄晖。"可见对于他的倾倒。王士祯《论诗绝句》，也说李白"白贮青衫魂魄在，一生低首谢宣城"。朓的短篇为近体诗的前驱，偶然有几章，宛然是唐人律绝的风味，如下面举的《玉阶怨》和《铜雀台》：

玉阶怨

夕殿下珠帘，流萤飞复息。长夜缝罗衣，思君此何极？

铜雀台

穗帷飘井干，樽酒若平生。郁郁西陵树，讵闻歌吹声？芳襟染泪迹，婵媛空复情。玉座犹寂寞，况乃妾身轻。

由齐入梁，文运号称极盛。梁武帝萧衍，不但是一个开国之君，而且也是一个诗人。他的诗风华艳丽，声调宛转，但不雕琢字句，且有几分浑厚气。他写乐府诗极成功，有名的有《西州^①曲》《东飞伯劳歌》等。武帝的儿子昭明太子萧统，也极注意文艺，曾选录汉、魏、两晋、宋、齐、梁的诗文，编《文选》一书，流行迄今不衰。梁武帝下面的臣属，能文的也极多，如沈约、江淹等都以文人而蒙帝王宠遇，历仕宋、齐、梁三朝的。且说沈约（441—513），字休文，首唱^②四声八病之说的就是他，虽然四声并不是他所发现，然而他综合起来，对于文学和声韵学上的贡献，是不可没的。沈约又是一个极博学的人，著述极富，除研究声韵学的《四声韵谱》外，又有《宋书》，列为二十四史之一。他自己创作的诗文，并没有怎样的特色，但近体诗的气息更浓，婉媚已似唐人的律诗，试看下列的《咏月》一首：

月华临静夜，夜静灭氛埃。方晖竟户入，圆影隙中来。高楼切思妇，西园游上才。网轩映珠缀，应门照绿苔。洞房殊未晓，清光信悠哉。

和沈约差不多同时的，尚有"梦笔生花"的江淹。江淹的《恨赋》《别赋》，脍炙人口，他的诗，和沈约差不多，无甚特色。从梁入陈，诗文的作家，徐陵与庾信齐名，当时合称为徐庾体。徐陵（507—583），字孝穆，初仕于梁，和梁简文帝萧纲，竞作绮艳轻浮的宫体诗，后仕于陈，以文学而最得陈武帝的宠

---

① 原文如此。"州"，通常作"洲"。
② 原文如此。"唱"，通"倡"。

信。庾信（513—581），字子山，也曾仕梁为东宫学士。旋梁有侯景之乱，庾信奔江陵，聘使于北周，被留长安不得归，颇受北周诸帝宠信。但信是南人，不惯居北，常动乡关之思，于是他的诗文里，也有着哀痛的气氛，和早年的绮丽有殊了。徐陵和庾信在文学史上的地位，不单是他们的诗，还有他们的文。他们是千古骈俪文的宗型，开四六一派：徐陵的《玉台新咏序》，香艳绝伦，是最著名的四六文；庾信初期的赋，有徐氏的浓丽，北归后的作品，如《哀江南赋》《小园赋》《枯树赋》，凄丽沉痛，则另有作风了。至于诗，他们的作风，承沈约而来，格律渐重，也是从古体到近体的过渡人物。徐、庾同擅宫体诗；徐陵曾受简文帝命，辑古来的艳诗，合成十卷，为《玉台新咏》。庾信少作也极绮丽，北归后作风渐变，杜甫评之为"清新庾开府"。这里录徐、庾的诗各一首：

闺中有望　徐陵

倡人歌吹罢，对镜览红颜。拭粉留花称，除钗作小鬟。绮灯停不灭，高扉掩未关。良人在何处？惟见月光还。

咏怀诗　庾信

榆关断音信，汉使绝经过。胡笳落泪曲，羌笛断肠歌。纤腰减束素，别泪损横波。恨心终不歇，红颜无复多。枯木期填海，青山望断河。

陈诗尚有陈后主的艳歌，阴铿、何逊近于律体的五言诗，古气已渐灭无余。其他则气格日卑，真成为靡靡之音了。

三　民间文学的乐府诗

南北朝时代，文人的五言诗，色彩务求艳丽，音调务求流畅，纯然成为文士的文学。然而民间文学，迄未少衰。当时的乐府诗，可为民间文学的代表。乐府起于汉，原以采集民间诗歌为主，前面已经说过。到后来文人便也仿作起来，经魏晋而南北朝，各代俱有。文人的乐府诗，有的也做得很好，我们已并在诗中叙述，这里却专述作为民间文学的乐府诗。这些乐府诗的作者，自然大都不可考，然而其真切动人的篇什，千古常新，固不必藉其人以传的。

南北朝的乐府诗，大致可以分作南北两派。南方的以《清商曲》为主，北方的以《鼓角横吹曲》为主。当时南北两方风气歧异，在文学上很明显的表现着。大概南方的人民，住在长江流域的锦绣河山上，过惯绮靡安乐的生活，重感情，眷恋于儿女之情，其作品充满着艳丽的气息，柔弱轻倩，好像少女一样。北方以游牧民族入主中国，素朴刚强之气未除，壮阔激昂，作品里充满着英雄的气息，就是描写恋爱，也和南方异趣，带着中古武士的风度。下面就分南北两方面来说吧。

南朝盛行《清商曲》。《清商曲》又分两大类，一为产于东南部的《吴声歌》，一为产于荆楚间的《西曲歌》。它们大都像山歌一样，为民间所歌唱，未必一定有乐曲相配的。《吴声歌》共有四十四种，著名的有《子夜歌》《碧玉歌》《华山畿》等。先说《子夜歌》，它纯粹是民间的恋歌；后人变为四时行乐之词，又有《子夜四时歌》，好像现在《四季相思》一类的歌曲。

这里录《子夜四时歌》一首：

　　妖冶颜荡骀，景色复多媚。温风入南牖，织妇怀春意。（《春歌》）

　　春别犹春恋，夏还情更久。罗帐为谁褰？双枕何时有？（《夏歌》）

　　凉风开窗寝，斜月垂光照。中宵无人语，罗幌有双笑。（《秋歌》）

　　寒鸟依高树，枯林鸣悲风。为欢憔悴尽，那得好颜容！（《冬歌》）

《碧玉歌》也是民间的恋歌，这里录一首：

　　碧玉破瓜时，郎为情颠倒。感郎不羞我，回身就郎抱。

《华山畿》也是男女相悦相念的恋歌，它的发生，有一则凄艳的故事，更可为曲辞生色，这故事是这样的：

　　宋少帝时，南徐一士子从华山畿往云阳，见客舍有女子，年十八九，悦之无因，遂感心疾。母问其故，具以启母。母为至华山寻访，见女具说。女闻感之，因脱蔽膝，令母密置其席下卧之，当已。少日果差，忽举席见蔽膝而抱持，遂吞食而死。气欲绝，谓母曰："葬时，车载往华山度。"母从其意。比至女门，牛不肯前，打拍不动。女曰："且待须臾。"妆点沐浴，既而出，歌曰："华山畿，君既为侬死，独活为谁施？欢若见怜时，棺木为侬开。"棺应声开，女遂入棺，家人叩打，无如之何。乃合葬，呼曰神女塚。

　　上所述是《吴声歌》，可以说是南朝民间文学的精华。《西曲歌》篇什较少，虽然也是描写男女的恋情，大概为江客、舟子、离人所歌，共有三十五种，著名的有《石城乐》《莫愁乐》《乌夜啼》《杨叛儿》等，兹各举一首于下：

石城乐

布帆百馀幅，环环在江津。执手双泪落，何时见欢还？

莫愁乐

闻说下扬州，相送楚山头。探手抱郎腰，江水断不流。

乌夜啼

可怜乌柏鸟，强言知天曙。无故三更啼，欢子冒暗去。

杨叛儿

送郎乘艇子，不作遭风意。横篙掷去桨，愿倒逐流去。

北朝盛行的是《鼓角横吹曲》，不像南方的《清商曲辞》专以恋爱、离别为主题。《鼓角横吹曲》充满着悲壮的气息，即使描写男女之爱，也是这样。北方乐府的代表作，有《企喻歌》《陇头歌》《折杨柳歌》《敕勒歌》《木兰辞》等。前四种篇幅较短，兹列举于下：

企喻歌

男儿可怜虫，出门怀死忧。尸丧狭谷中，白骨无人收。

陇头歌

陇头流水，流离山下。念吾一身，飘然旷野。朝发欣城，暮宿陇头。寒不能语，舌卷入喉。陇头流水，鸣声幽咽。遥望秦川，心肠断绝。

折杨柳歌

腹中愁不乐，愿作郎马鞭。出入环郎臂，蹀坐郎膝边。

敕勒歌

敕勒川，阴山下。天似穹庐，笼盖四野。天苍苍，野茫茫，风吹草低见牛羊。

《木兰辞》和《孔雀东南飞》，同是中国极有名的叙事诗，也为乐府中的两大杰作。两篇作者，均不可考。但《木兰辞》公认为南北朝时代北方人的作品，其作风也相似，可无问题。《孔雀东南飞》成于何时，迄今议论纷纭，说汉末时人所作，是靠不住的，大概是南北朝时代的作品，较为妥当，而且近乎南方文学的风味。《孔雀东南飞》是一则极凄艳的故事，"汉末建安中，庐江府小吏焦仲卿妻刘氏（兰芝），为仲卿母所遣，自誓不嫁。其家迫之，乃投水而死。仲卿闻之，亦自缢于庭树。时人伤之，为诗云尔"。可见是南北朝作者，假托汉人而写的。这是一篇空前的伟作，这里节录仲卿与兰芝誓死一段：

府吏闻此变，因求假暂归。未至二三里，摧藏马悲哀。新妇识马声，蹑履相逢迎；怅然遥相望，知是故人

49

来。举手拍马鞍，嗟叹使心伤："自君别我后，人事不可量！果不如先愿，又非君所详。我有亲父母，逼迫兼弟兄。以我应他人，君还何所望？"府吏谓新妇："贺卿得高迁！磐石方且厚，可以卒千年；蒲苇一时纫，便作旦夕间！卿当日胜贵，吾独向黄泉！"新妇谓府吏："何意出此言。同是被逼迫，君尔妾亦然。黄泉下相见，勿违今日言！"执手分道去，各各还家门；生人作死别，恨恨那可论？念与世间辞，千万不复全！

《木兰辞》篇幅比《孔雀东南飞》短，述木兰代父从军故事，为大家所熟知的，而且现在也编为歌曲唱着，所以不再引了。

四　小说和文学批评

两晋南北朝时代，中国的短篇小说，已有萌芽。中国短篇小说的原始，当在先秦。先秦的十家中，有所谓专记街谈巷议的小说家，据《汉书》《艺文志》所载，自周到汉，凡十五家一千三百八十篇，今均失传，可无庸多说。先秦诸子中引述的寓言神话，有的很像小说，然而诸子"以立意为本，不以能文为宗"，所以也不必掇拾鳞爪，牵强附会。汉代也许有像小说一样的作品，但流传至今而可信的，不过像《说苑》《新序》一样的故事，没有小说的体裁。其他如东方朔的《神异经》《海内十洲记》、班固的《汉武故事》《汉武内传》、郭宪的《列国洞冥记》、伶玄的《飞燕外传》、刘歆的《西京杂记》、及无名氏的《杂事秘辛》等，多收在汉魏丛书中。其实它们的作者，全不可靠，都是南北朝人所伪托的。大概神仙的故事则称东方朔、郭宪作，因为他们两人均有些方术；历史掌故，则称刘歆、班固，因为他们是汉代的史家。甚至像《杂事秘辛》那样的色情作品，是明杨慎所作而羼入的。所以汉人小说，虽偶有作品，也绝无流传呢。

两晋南北朝可以说是短篇小说的萌芽时代，作品流传到现在的尚多，可信的固有，出于后世伪托的也不少。当时作品逐渐生长，无疑的也是佛教东来所影响。佛教的传说，再加上中国前代的遗物，使初期的小说，全是谈神说怪的。东晋干宝的《搜神记》，符秦时代王嘉的《拾遗记》，大概是很可靠的书。这两本书的内容，都是一则则荒诞不经的事迹，为后世笔记小说之祖。后代的《剪灯新话》（明）、《聊斋志异》（清），都是源流于《搜神记》的。《搜神记》的文字也极简练，这里选录一则如下：

> 晋时，吴兴一人有二男，田中作时，尝见父来骂詈赶打之。童以告母，母问其父，父大惊，知是鬼魅。便令儿斫之。鬼便寂不复往。父忧，恐儿为鬼所困，便自往看。儿谓是鬼，便杀而埋之。鬼便遂归，作其父形，且语其家，二儿已杀妖矣。儿暮归，共相庆贺，积年不觉。后有一法师过其家，语二儿云："君尊侯有大邪气。"儿以白父，父大怒。儿出以语师，令速去。师遂作声入，父即成大老狸，入床下，遂擒杀之。向所杀者，乃真父也。改殡治服。一儿遂自杀，一儿忿懊亦死。

除《搜神记》和《拾遗记》外，尚有陶潜的《搜神后记》，任昉的《述异记》则为后人所伪托，未必可信，兹不述。尚有《世说新语》，为宋临川王刘义庆（403—444）所撰，梁刘孝标注，全书凡三十八篇，每篇一目，篇中包含若干则小故事。所记载的，都是汉魏两晋名人的琐事与隽言，阅之情味不尽的。而其中的名人，又大抵是文士，所以更可作文人佚话读。只是《世说新语》所记的佚话，尽是事实，或是传闻的事实，虽有剪裁，却无结构，有短篇小说的意味，而不能称作短篇小说。这里选录两则：

> 桓公（温）北征，经金城，见前为琅琊时种柳，皆已十围。慨然曰："木犹如此，人何以堪？"攀枝执条，泫然流泪。

> 王子猷居山阴，夜大雪，眠觉开室，命酌酒。四望皎然，因起彷徨，咏左思《招隐诗》，忽忆戴安道。时戴在剡，即便夜乘小船就之，经宿方至，造门不前而返，人问其故。王曰："吾本乘兴而来，兴尽而返，何必见戴！"

小说以外，文学批评也在南北朝有了专书，当时有两个大文学批评家，一是钟嵘，一是刘勰。钟嵘生当齐梁之间，著《诗品》以品评汉魏以来诗人，以作家为主，论其优劣，分为上中下三品。每品之前，各冠以序；一品之中，则以世代为先后。他对于作家的批评，可谓恰到好处，真能欣赏他们的价值；直到如今，我们不能不承认他有着如炬的目光，是一个权威的批评家。

刘勰字彦和，梁时人，他是一个笃信的佛教徒，晚年并舍身出家。他所著的《文心雕龙》，引论古今文体及其作法，和唐刘知几的《史通》，清章学诚的《文史通义》，称中国文学批评三大著。《文心雕龙》是一本文学概论，凡五十篇，可以分为三部分：首《原道》《征圣》《宗经》《正纬》及《序志》五篇为通论；次自《辨骚》《明诗》到《诸子》《奏启》《书记》等二十一篇为文体论；末《神思》《体性》以至《知音》《程器》等二十四篇为修辞学。其书全出以骈俪文，而不以辞害意，更称难得。这里录其《明诗》一篇，以看他的才识是怎样的高超。

大舜云："诗言志，歌永言。"圣谟所析，义已明矣。是以在心为志，发言为诗，舒文载实，其在兹乎！诗者，持也，持人情性。三百之蔽，义归无邪，持之为训，有符焉尔。人禀七情，应物斯感，感物吟志，莫非自然。

昔葛天氏《乐辞》云，玄鸟在曲；黄帝《云门》，理不空绮；至尧有《大唐》之歌，舜造《南风》之诗，观其二文，辞达而已。及大禹成功，九序惟歌，太康败德，五子咸怨，顺美匡恶，其来久矣。自商暨周，雅颂圆备，四始彪炳，六义环深。子夏监绚素之章，子贡悟琢磨之句，故商赐二子可与言诗。自王泽殄竭，风人辍采，《春秋》观志，讽诵旧章，酬酢以为宾荣，吐纳而成身文。逮楚国讽怨，则《离骚》为刺；秦皇灭典，亦造仙诗。汉初四言，韦孟首唱，匡谏之义，继轨周人。孝武爱文，《柏梁》列韵，严马之徒，属辞无方。至成帝品录三百余篇，朝章国采，亦云周备，而辞人遗翰，莫见五言，所以李陵班婕妤见疑于后代也。按《召南》《行露》，始肇半章；孺子《沧浪》，亦有全曲；《暇豫》优歌，远见《春秋》；《邪径》童谣，近在成世。阅时取证，则五言久矣。又《古诗》佳丽或称枚叔，其《孤竹》一篇，则傅毅之词，比采而推，两汉之作乎。观其结体散文，直而不野，婉转附物，怊怅切情，实五言之冠冕也。至于张衡《怨篇》，清典可味，《仙诗》《缓歌》，雅有新声。暨建安之初，五言腾踊，文帝陈思，纵辔以骋节；王徐应刘，望路而争驱；并怜风月，狎池苑，述恩荣，叙酣宴；慷慨以任气，磊落以使才；造怀指事，不求纤密之巧，驱辞逐貌，唯取昭晰之能：此其所同也。乃正始明道，诗杂仙心，何晏之徒，率多浮浅；唯嵇志清峻，阮旨遥深，故能标焉。若乃应璩《百一》，独立不惧，辞谲义贞，亦魏之遗直也。晋世群才，稍入轻绮，张潘左陆，比肩诗衢。采缛于正始，力柔于建安。或析文以为妙，或流靡以自妍，此其大略也。江左篇制，溺乎玄风，嗤笑徇务之志，崇盛忘机之谈，袁孙已下，虽各有雕采，而辞趣一揆，莫与争雄，所以景纯《仙篇》，挺拔而为俊矣。宋初文咏，体有因革，庄老告退，而山水方滋，俪采百字之偶，争价一句之奇，情必极貌以写物，辞必穷力而追新，此近世之所竞也。故铺观列代，而情变之数可监；撮举同异，而纲领之要可明矣。

　　若夫四言正体，则雅润为本；五言流调，则清丽居宗。华实异用，惟才所安，故平子得其雅，叔夜含其润，茂先凝其清，景阳振其丽，兼善则子建仲宣，偏美则太冲公幹。然诗有恒裁，思无定位，随性适分，鲜能通圆，若妙识所难，其易也将至；忽之为易，其难也方来。至于三六杂言，则出自篇什，离合之发，则明于图谶，回文所兴，则道原为始，联句共韵，则《柏梁》余制，巨细或殊，情理同致，总归诗囿，故不繁云。

赞曰："民生而志，咏歌所含，兴发皇世，风流二南。神理共契，政序相参，英华弥缛，万代永耽。"

第四章　隋唐的文学

一　诗的黄金时代（上）

隋朝统一了中国，结束南北封峙的局势。从此新生的中华民族，又发挥它卓越的能力，像开始建立统一国家的秦汉一样。关于隋唐时代的武功文治，另有政治史来叙述，不在本书的范围之内，这里所说的，只是在文学方面。所可惜者，隋朝的国祚太短，虽然完成统一之功，迄未有伟大的表显，于是中国历史上最光辉的时代，只好让李唐来开创。唐朝的文学，可以说是极盛的，研究文学史的人，喜欢把唐诗、宋词、元曲并举，以显示一代的特色。诗的黄金时代，的确在于唐；然而唐朝其他的文学，如散文、小说等，也盛极一时，不能一概抹杀呢，不过诗是唐朝文学中的主流罢了。

诗何以极盛于唐？有不少的理由好说。略举几个重要的，如：一、隋唐时代，开始以科举取士，考试的科目，注重经书，唐更颁行《五经正义》，作为士人的规范。于是绝无异说，学定一尊，学术思想，绝无可言。人类的活动，往往屈于此而伸于彼，于是文艺蔚为极盛。而且政府领袖，提倡诗文，并以诗赋取士，自然诗家辈出了。二、外来的影响，和异民族的接触，也促进来了唐诗的发达。如西北游牧民族传来的音乐，流传于船夫樵子口中的民歌，都曾给唐诗以新的活力；而佛教的思想，也给予诗人一种新的境界。三、一时代的文学，各有其主流，主流既定，作家们便多就这一种体裁，发挥他的才华，如《诗经》时代的四言诗，魏晋南北朝时代的五言诗，后来的宋词、元曲，都是一样的道理。唐代作家，都尽全力于诗，于是诗坛如万花怒放，群芳争艳。况且那时候，近体诗业已成立，各种诗体，都已齐备，诗的形式更广，内容也格外丰富了。有着这几种理由，在唐朝出现诗的黄金时代，是当然的了。

纵观黄金时代的诗坛，的确有几点伟大处。第一，以量论，清康熙时所编的《全唐诗》，搜罗作者二千二百余人，诗篇四万八千九百余首，都是可诵的名作。第二，以质论，中国的两大诗人，所谓李白、杜甫，都是生在这时期中，其余创造的作家也不少，都可垂名不朽，作为后人的导师。第三，以体裁论，近体诗、七古诗，都是唐朝的新体；尤其是近体诗中的律绝，完全定基础于唐代，其篇什金声玉振，辞短意长，后世望尘莫及呢。长短句的词，也是在唐末开始的。唐诗极盛之后，经过宋元明清，直到近代，写"文言诗"的，还不脱唐诗的规范，其流泽真可算久远了。

唐朝享国既久，作家又多，我们要说唐诗，不得不分几个时期。虽然分期是很勉强的，然而也可以提纲挈领的来说了。普通的分法，是依据高棅的《唐诗品汇》，分为初唐、盛唐、中唐、晚唐四个时期：

初唐：唐初到中宗神龙之间。

盛唐：玄宗开元、天宝之间。

中唐：代宗大历到宪宗元和之间。

晚唐：文宗开成以后到唐末。

初唐的诗，承南北朝的余流，文句绮丽，而格律更趋工整。当时的开国诗人，如魏徵、虞世南等，大都是隋朝的遗士。尚有上官仪者，创"上官体"，诗中具对偶。同时，在另一方面，则有王绩、王梵志、寒山、丰干、拾得等，作近于白话纯任自然的小诗。有的数说家常，全是口语，有的蕴含哲理，竟同佛偈，虽然是特创，但文艺上的价值并不大，这里也不再举例了。

初唐的大作家，不能不推"初唐四杰"。这四杰是王（勃）、杨（炯）、卢（照邻）、骆（宾王）。他们不但以诗名家，文章也是很好的。不过他们的诗文，承陈隋余习，华丽绮靡，是其特色。他们的诗，五言居多，间有七言的，格律渐深；然而流利晓畅，这是较胜于陈隋的。关于四杰的诗，有总评是"王勃高华，杨炯雄厚，照邻清藻，宾王坦易"，虽中肯綮，但也不是一律的。今各略略介绍。王勃（647—675），字子安，绛州龙门人，是一个早慧的才子，恃才傲物，大概不容于世，死时只二十九岁。杨炯（650—？），华阴人。他的诗文不下王勃，曾自己说："我愧在卢前，耻在王后。"就诗而言，他的作品的气魄，实在较王勃的才调优胜。卢照邻，字升之，幽州范阳人。他因为害着风疾，足挛手废，只好隐居山中，生活极感苦闷，所以自号幽忧子；病苦厌世，最后终于投颍水而死，结束了他痛苦的一生。骆宾王，婺州义乌人，他是一个鞅鞅不得意的志士，曾作徐敬业的幕僚，为他传檄天下，以讨武后，敬业失败，骆也不知所终。关于四杰的诗，这里随便举两首，以见六朝的五言古诗到五言律诗（近体）的轨迹。

从军行　杨炯

烽火照西京，心中自不平。牙璋辞凤阙，铁骑绕龙城。雪暗凋旗画，风多杂鼓声。宁为百夫长，胜作一书生。

在狱咏蝉　骆宾王

西陆蝉声唱，南冠客思侵。那堪玄鬓影，来对白头吟。露重飞难进，风多响易沉。无人信高洁，谁为表予心。

对于初唐四杰的反动，有蜀人陈子昂。陈子昂是一个豪气磅礴的人，他的诗也充满着豪气。因此，他对于齐、梁以来守格律竞绮丽的情形，极不满意，所以主张复古，追踪汉魏，和建安风格相同。他有《感遇诗》三十八首，注重意境，撇开词藻，开唐代诗的先声。这里录一首为例：

兰若生春夏，芊蔚何青青！幽独空林色，朱蕤冒紫茎。迟迟白日晚，袅袅秋风生。岁华尽摇落，芳意竟何成！

初唐时期还有两个大作家，是沈佺期和宋之问，号称沈宋。在他们两个人的手里，近体诗始奠基础。他们的诗，叫沈宋体；写作正格的律诗，又把律诗中截其四句，称为绝。从此以后，七律、五律、七绝、五绝，就成功①唐朝的"新诗"，作家们都瘁力于此。沈、宋两人，生当武后时代，他们的行为，颇不齿于儒

_____

① 原文如此。今一般写作"成为"。

林，然而他们在文学史上的地位，却不能因人而废的。两人的作风也相近似，这里举沈佺期的七律及宋之问的五律各一首于下：

古意　沈佺期

卢家少妇郁金堂，海燕双栖玳瑁梁，九月寒砧催木叶，十年征戍忆辽阳。白狼河北音书断，丹凤城南秋夜长。谁为含愁独不见，更教明月照流黄。

度大庾岭　宋之问

度岭方辞国，停轺一望家。魂随南翥鸟，泪尽北枝花。山雨初含霁，江云欲变霞。但令归有日，不敢怨长沙。

初唐之末，七古诗也有写作的。如张若虚的《春江花月夜》，真是气魄阔大的作品，从前的五古诗，不能望其项背。惜因篇幅过长，不能引录了。

二　诗的黄金时代（下）

初唐之后，继以盛唐。盛唐的作家，应该先说中国诗坛上的两颗大明星，李白与杜甫，再及其余。

李白和杜甫，生当同时，而且友谊极好；他们两人，可代表文学上的两派，所以不妨在一起并说，以资比较。但是比较李、杜，是比较他们的作风，不是比较他们的优劣，因为优劣是不能衡量的。所谓"李杜优劣论"，前贤已经讥评过，现在再来衡量作风不同的两大家的优劣，简直是无聊的事。兹先略说他们的生平：李白（701—762），字太白，自号青莲居士，别人又称他谪仙。他的籍贯，或说陇西成纪，或说蜀郡，以后者较可信。他自幼才气豪放，有志用世，少年时便离家流浪，漫游长江流域，结交了许多朋友。天宝初年入长安，因贺知章之介，得见玄宗，极蒙宠幸。可惜他终是诗人的气质，使酒仗气，不善于作官。不久又离开朝廷，浪游江湖，足迹遍中国。值安禄山叛乱，道路阻塞，他往依永王璘。旋因永王的事，被流夜郎。这时他已经衰老之年，虽然不满一年，遇赦得释，但颓唐已极，从此往来于当涂宣城等处，以悒郁终，年六十二岁。

杜甫（712—770），字子美，自号少陵野老，河南巩人。他自幼家贫，而极好学。青年时，入长安举进士不第，知己无人，极觉不得意。他汲汲于功名，到四十岁光景，才在玄宗的朝廷上得了一个小官。未满一年，值安禄山叛，他到灵武去拜见肃宗，做了左拾遗。旋又免官，于是入蜀，卜居成都浣花溪。严武镇蜀，因与他为世旧，遂表他节度参谋，检校工部员外郎。因此后世称他杜工部。严武死后，他离成都，移居许多地方以避乱，最后死于湖南，年五十九岁。

纵观李杜的生活，实在是大同小异。李是浪漫的生活，杜是乱离的生活；但是一生飘泊，两人是一样的。两人都有功名之念，都不得意；李因不得意而颓废厌世，杜因不得意而感慨时局；两人都喜饮酒，太白更甚；两人的诗名相同；两人的友谊也极好。两人的诗，传于今者，俱在千篇以上。关于诗体一层，五古则李高尚，杜深刻；七古是两人最能发挥个性的地方，李则飘忽豪放，杜则沉着悲痛。李长于绝诗，杜则擅律诗。李句法错综，杜多对偶、倒装；李喜道家语，杜用人间语。——这是两人形式上的比较。

关于风格上的比较。李的诗飘逸空灵，如天马行空，来去无迹。他最爱写纵酒、女人、游览等题材，实在可以说是浪漫派的作家，称他"诗仙"，倒是很得当的。杜的诗沉郁顿挫，带着极大的伤痛，他不歌颂超世的享乐，却抒写乱世的悲哀与伟大的同情；他是一个写实派的作家，如果李白称"诗仙"，杜甫该称"诗圣"了。"仙"和"圣"两个字，在出世与入世、浪漫与写实、超然享乐与悲天悯人数点上，的确可写出李杜的不同。

关于李白的诗，这里引录一首七古，几首绝诗，以证明上面所说的。

将进酒

君不见黄河之水天上来，奔流到海不复回；君不见高堂明镜悲白发，朝如青丝暮成雪。人生得意须尽欢，莫使金尊①空对月。天生我材必有用，千金散尽还复来。烹羊宰牛且为乐，会须一饮三百杯。岑夫子，丹丘生，将进酒，君莫停。与君歌一曲，请君为我倾耳听。钟鼓馔玉不足贵，但愿长醉不用醒。古来圣贤皆寂寞，惟有饮者留其名。陈王昔时宴平乐，斗酒十千恣欢谑。主人何为言少钱，径须沽酒对君酌。五花马，千金裘，呼儿将出换美酒，与尔同销万古愁。

下江陵

朝辞白帝彩云间，千里江陵一日还。两岸猿声啼不住，轻舟已过万重山。

---

① 原文如此。今一般写作"金樽"。

敬亭独坐

众鸟高飞尽，孤云独去闲。相看两不厌，只有敬亭
山。

夜　思[1]

床前明月光，疑似[2]地上霜。举头望明月，低头思
故乡。

杜甫的诗，这里引录他擅长的七古、七律两三篇，五律一
篇，以见作风。

茅屋为秋风所破歌

八月秋高风怒号，卷我屋上三重茅。茅飞渡江洒江
郊，高者挂罥长林梢，下者飘转沉塘坳。南村群童欺我
老无力，忍能对面为盗贼。公然抱茅入林去，唇焦口燥
呼不得。归来倚杖自叹息。俄顷风定云墨色，秋天漠漠
向昏黑。布衾多年冷似铁，娇儿恶卧踏里裂。床头屋漏
无干处，雨脚如麻未断绝。自经丧乱少睡眠，长夜沾湿
何由彻？安得广厦千万间，大庇天下寒士俱欢颜？风雨
不动安如山。呜呼，何时眼前突兀见此屋？吾庐独破受
冻死亦足！

---

① 原文如此。今一般写作"静夜思"。
② 原文如此。今一般写作"疑是"。

秋 兴

玉露凋伤枫林树，巫山巫峡气萧森。江间波浪兼天涌，塞上风云接地阴。丛菊两开他日泪，扁舟一系故园心。寒衣处处催刀尺，白帝城高急暮砧。

登 高

风急天高猿啸哀，渚清沙白鸟飞回。无边落木萧萧下，不尽长江滚滚来。万里悲秋常作客，百年多病独登台。艰难苦恨繁霜鬓，潦倒新停浊酒杯。

春 望

国破山河在，城春草木深。感时花溅泪，恨别鸟惊心。烽火连三月，家书抵万金。白头搔更短，浑欲不胜簪。

盛唐作家，可以和李、杜并肩的，尚有以诗人而兼画家的王维。王维（701—761），字摩诘，太原祁县人。曾官尚书右丞，后人故称他为王右丞。他以一身擅音乐、图画、文学三绝，为自来文人所少有。他极信佛，晚年更笃；又爱慢闲寂静，极嗜田园生活。这几点影响了他的诗。他虽是田园诗人，但和纯乎自然的陶潜不同，王维诗清腴之意盎然，神韵独胜，而绝诗更佳，试录数首：

鹿 柴

空山不见人，但闻人语响。返景入深林，复照青苔上。

杂　咏

君自故乡来，应知故乡事。来日绮窗前，寒梅着花未？

渭城曲

渭城朝雨浥轻尘，客舍青青柳色新。劝君更尽一杯酒，西出阳关无故人。

盛唐诗人，李、杜以外，大概可以分作两派。一派是田园诗人，闲适自然，如前述的王维，其他有孟浩然等。一派是边塞诗人，悲壮瑰奇，高适、岑参属之。王、孟、高、岑，当时齐名。尚有王昌龄、储光羲、王之涣、常建等，作品虽不多，吉光片羽，弥足珍贵。这里略举各家一述。

孟浩然纯然是学陶潜的田园诗人，他有陶诗的闲远，而不及王维的清腴。如他的《过故人庄》：

故人具鸡黍，邀我至田家。绿树村边合，青山郭外斜。开轩面场圃，把酒话桑麻。待到重阳日，还来就菊花。

高适曾跟哥舒翰平安禄山，又在蜀御过吐蕃，所以诗以描写边塞见长。如他的小诗《塞上闻笛》：

雪净胡天牧马还，月明羌笛戍楼间。借问梅花何处落？风吹一夜满关山。

岑参曾于役西域，他的边塞诗，比高适写得更好。这里举《胡笳歌送颜真卿使赴河陇》一首为例。

君不闻，胡笳声最悲，紫髯绿眼胡人吹；吹之一曲犹未了，愁杀楼兰征戍儿。凉秋八月萧关道，北风吹断天山草。昆仑山南月欲斜，胡人向月吹胡笳。胡笳怨兮将送君，秦山遥望陇山云。边城夜夜多愁梦，向月胡笳谁喜闻。

唐代因为经营域外，描写边塞的诗篇特多，这也是环境的关系；其中有的是激昂忼慷的从军乐，有的是哀怨悲凉的非战歌。写边塞诗的，未必一定是属于这一派如王昌龄擅长绝句，号唱"诗天子"，他虽写边塞诗，但是写闺怨，写友情，都同样的好。如下列几首七绝：

从军行

秦时明月汉时关，万里长征人未还。但使龙城飞将在，不教胡马度阴山。

长信秋词

奉帚平明金殿开，且将团扇共徘徊。玉颜不及寒鸦色，犹带昭阳日影来。

送别魏二

醉别江楼橘柚香，江风引雨入船凉。忆君遥在湘山月，愁听清猿梦里长。

绝诗是唐诗中的精华。尤其是七绝，真的珠圆玉润，秀丽无匹。如和王昌龄友好的王之涣，也写边塞诗，其杰作有《凉州词》：

黄河远上白云间，一片孤城万仞山。羌笛何须怨杨柳，春风不度玉门关。

储光羲则是王维一派的田园诗人，如《寄孙山人》：

　　新林二月孤舟还，水满清江花满山。借问故园隐君
子，时时来往在人间。

常建沦落不遇，其诗也近乎田园一派。如《送宇文六》：

　　花映垂杨汉水清，微风林里一枝轻。只今江北还如
此，愁煞江南离别情。

盛唐以后，便是中唐。中唐作家，也盛极一时，有所谓"大
历十才子"者，即卢纶、韩翃、吉中孚、钱起、司空曙、苗发、
耿㳘、崔峒、夏侯审、李端等，致力近体。同时韦应物与刘长卿
齐名，世称韦刘。韦应物也是田园诗人，其诗高洁隽远，上追陶
潜；刘长卿也写田园，然而由苦吟中得来，略嫌浮饰。这里且举
韦应物的诗一首：

滁州西涧

　　独怜幽草涧边生，上有黄鹂深树鸣。春潮带雨晚来
急，野渡无人舟自横。

中唐的两大诗坛领袖，不能不推元和时的白居易和韩愈。
两人的诗，都追踪杜甫，韩尚奇险，白尚平易。韩则文胜于
诗，白则纯然是诗人；成就也以白为高。先说白的一派。白居
易（772—846），字乐天，又号香山居士，太原下邽人。他的生
平，真是一个"居易"而"乐天"的君子，历任许多官职，也
屡遭贬斥，却不改他忠坚淡泊的本性。他的诗，平浅得老妪能
解，所以流传极广。他又擅长叙事诗，如《长恨歌》《琵琶行》
等，都是脍炙人口的。《长恨歌》咏唐玄宗杨玉环的故事，《琵
琶行》是写一个嫁作商人妇的妓女的哀怨，因为篇幅都很长，这
里不加引录。他的小诗也极好，这里且选抄几首，以见他平淡的

作风：

问刘十九

绿蚁新醅酒，红泥小火炉。晚来天欲雪，能饮一杯无？

同李十一醉忆元九

花时同醉破春愁，醉折花枝作酒筹。忽忆故人天际去，计程今日到梁州。

跟白居易一派的，有元稹、刘禹锡、柳宗元等。元稹和白居易友谊颇笃，唱和的诗很多，时称元白。他也写叙事长篇，有名的是《连昌宫词》；然而他的才力和影响，比不上白居易。柳宗元和韩愈，同是中唐文章复古的先锋，然而柳的诗却属于白居易一派。他的诗描写山水，峻洁如其文，而平易显然是白的嫡系。同时又有张籍者，原是韩门弟子，然而他的叙事作品，也是白的一派。如他的《节妇吟》，是一首极哀艳的诗：

君知妾有夫，赠妾双明珠。感君缠绵意，系在红罗襦。妾家高楼连苑起，良人执戟明光里。知君用心如日月，事夫誓拟同生死。还君明珠双泪垂，恨不相逢未嫁时。

白居易门下的大作家，要推刘禹锡。刘和白常有唱和，又和柳宗元极友善。刘的七绝极擅长，又引民歌如《竹枝词》《柳枝词》等入诗，不愧是一个有勇气的作家。这里举《竹枝词》一首：

杨柳青青江水平，闻郎江上踏歌声。东边日出西边雨，道是无情却有情。

再谈韩愈一派。韩愈自己，是一个文章家，他在文学上最大的功绩，是提倡复古的散文。因此他的诗，也不过成了有韵的散文，且奇险而用字艰深，除了有一种雄豪的气魄外，诗意尽失。韩门下著者，有孟郊、贾岛、李贺，就诗而言，他们三个，倒比韩愈有意味。孟郊诗含寒酸气，贾岛诗由苦吟得来，故称"郊寒岛瘦"。李贺也是一个苦吟诗人，意取幽深，辞取瑰奇，别创一格，因此他的作品，险僻奇丽，富有鬼气，有"诗鬼"之称。试举小诗《昌谷北园新笋》一首：

斫取青光写《楚辞》，腻香春粉黑离离。无情有恨何人见，露压烟啼千万枝。

还有一个王建，不属于那一派，他的《宫词》，写得极多，后来写《宫词》的，脱不下他的影响。他真够得上"宫闱诗人"的称呼呢。且举《宫词》一首：

罗衫叶叶绣重重，金凤银鹅各一丛。每遍舞时分两向，太平万岁字当中。

晚唐的诗人多半倾向于香艳绮丽一派。大概文学的流弊，都是到了后来，重外形而不重意境；晚唐的诗，也是这样。就中最有名的作家，要推李商隐、温庭筠、杜牧、韩偓等。温和韩是绮丽派的大家。温的诗全堆绮罗脂粉的句子，和李齐名而实不及李，他在文学史上的地位，在于词。韩偓的香艳诗，或以为不像忠直如他的手笔；因此道学先生硬替他辨解，说是和凝诗窜入的，这也未免太可笑了。杜牧号称小杜，他的诗——尤其是七绝，在绮丽之中，寓豪纵之气，所以可读。他的文章如《阿房宫赋》，也写得很好呢。这里且录杜牧《赠别》一首：

多情却是总无情，唯觉尊前笑不成。蜡烛有心还惜别，替人垂泪到天明。

然而晚唐最杰出最丰富的作家，是李商隐（813—858）。李字义山，怀州河内人。他的诗常是《无题》，写情最多，好用典故，而颇晦涩，因为他有过恋爱事迹而不忍明显表露的缘故。宋初的西昆体，是受李商隐影响的。然而李诗晦涩有其妙处，却非后人可及的。如下列两首七律：

锦　瑟

锦瑟无端五十弦，一弦一柱思华年。庄生晓梦迷蝴蝶，望帝春心托杜鹃。沧海月明珠有泪，蓝田日暖玉生烟。此情可待成追忆，只是当时已惘然！

无　题

相见时难别亦难，东风无力百花残。春蚕到死丝方尽，蜡炬成灰泪始干。晓镜但愁云鬓改，夜吟应觉月光寒。蓬莱此去无多路，青鸟殷勤为探看。

晚唐诗中，有喜用俚语一派，如罗隐、杜荀鹤、聂夷中等。聂的《田家诗》，更是写实派的杰作。所可惜者，只有俚语，而意境不深，后人效之，便近乎打油诗了。总之，诗到晚唐，好像月满则亏，衰落已极，于是诗的一种变体——词，乘时代兴，附庸蔚为大国了。这是后话。

三　短篇小说的兴起

中国的短篇小说，以前虽有作者，但是篇帙不多，影响不大，而且结构和题材，都够不上短篇小说的样子，所以不足称为小说。这在前面已经说过了。但是到了唐代，跟着文艺的发达，短篇小说便乘时兴起，极一时之盛。唐的短篇小说，又叫传奇文；后来这一派传奇文，由宋而明而清，作者还是不少，普通称作笔记小说。传奇文和笔记小说，是一而二二而一的，后世作者，都脱不了唐朝的窠臼。说传奇文在唐是黄金时代，也不为过呢。唐朝传奇文所以极盛的缘故，不外因为学术思想不发达，且定于一尊，文人乃尽力于文学的创作；而佛教传入，也有不少影响。这些传奇文在中国的文学史上，颇有地位的。第一，它们不但有曲折的情节，雅洁的文笔，结构也极精密，且渐由短篇零章，一变而为首尾俱全的完整篇幅，有几篇且可作为短篇小说的模范。第二，唐代的小说，对于后来戏曲的发展，影响很大。元朝的杂剧，明清的传奇，其故事多以唐人小说为蓝本，甚至于近来名伶新编的平剧，也多胎息于唐人小说呢。

唐朝的小说，多收罗在《唐代丛书》《太平广记》《稗海》《龙威秘书》等丛书里。因为已在中古，后人伪托的简直没有。可惜这些小说的作者，够得上名人的并不多，甚至其中有几个，他们的生平也不可考。我们现在叙述唐人小说，只好着重他们的作品。好在唐人小说的范围极广大，举凡神仙鬼怪艳史佚闻，无不包罗完备。很可以分类来说。不过以一篇小说而兼含两种性质的，归入那一类，见仁见智，各有不同，只好依据普通承认的办法了。

唐人小说，可分四类：（一）历史小说，（二）义侠小说，（三）艳情小说，（四）神怪小说。现在每类列举若干于下，并略作介绍。至于全篇的引录，限于篇幅，只好从略，仅偶撮一两段为例，以见唐人作风的一斑。

（一）历史小说　唐人的历史小说，大概是别传一类的作品，所述大概是帝室宫闱的事迹。其著名的有《海山记》、《迷楼记》（托名韩偓作）、《李卫公别传》（失名）、《高力士传》（郭湜）、《梅妃传》（曹邺）、《长恨歌传》（陈鸿）、《教坊记》（崔令钦）。就中《海山记》《迷楼记》，是描写隋炀帝的荒淫。《高力士传》《梅妃传》《长恨歌传》是记述唐玄宗的宫闱事迹；梅妃原是因杨玉环而失宠的。写得最好的，无疑是《长恨歌传》，作者陈鸿，和白居易是友人，白咏玄宗杨妃事作《长恨歌》，鸿为作传，文笔极美丽，和歌可以并传。兹录方士奉玄宗命去见杨妃的一段：

　　于是云海沉沉，洞天日晓，琼户重阖，悄然无声。方士屏息敛足，拱手门下。久之，而碧衣延入，且曰："玉妃出。"见一人冠金莲，披紫绡，佩红玉，曳凤舄，左右侍者七八人，揖方士问皇帝安否，次问天宝十四载已还事。言讫悯然，指碧衣取金钗钿盒，各折其半，授使者曰："为我谢太上皇，谨献是物，寻旧好也。"方士受辞与信，将行，色有不足。玉妃固征其意。复前跪致词："请当时一事，不为他人闻者，验于太上皇，不然，恐钿盒金钗，负新垣平之诈也。"玉妃茫然退立，若有所思，徐而言曰："昔天宝十载，侍辇避暑于骊山宫。秋七月，牵牛织女相见之夕，秦人风俗，是夜张锦绣，陈饮食，树瓜果，焚香于庭，号为乞巧。宫掖间尤尚之。时夜始半，休侍卫于东西厢，独侍上。上凭肩而立，因仰天感牛女事，密相誓心，愿世世为夫妇。言毕，执手各呜咽。此独君王知之耳。"

（二）义侠小说　唐人的义侠小说，所写的是侠士剑客仗义炫武的故事，其中的主角，男女都有，设想虽然瑰奇，还不像后世的武侠小说那样荒诞卑鄙。著名的如《刘无双传》（薛调）、《虬髯客传》（杜光庭）、《红线传》（袁郊）、《昆仑奴》（裴铏）、《聂隐娘传》（失名）。《刘无双传》记无双和她的表兄王仙客，从小订婚，未成婚而遭乱分散，幸侠士古押衙救援，乃得偕老。《虬髯客传》记红拂奔李靖路逢虬髯客的故事。《红线传》记红线女盗盒，以儆骄横的节度使田承嗣。《昆仑奴》记剑侠昆仑奴，成全崔生和红绡的好事。《聂隐娘传》记聂隐娘幼从老尼学剑术，后归家复仇，嫁磨镜少年。这里录《刘无双传》一段，叙的是古押衙救无双：

一日，扣门，乃古生送书。书云："茅山使者回，且来此。"仙客奔马去，见古生，生乃无一言。又启使者。复云："杀却也。且吃茶。"夜深，谓仙客曰："宅中有女家人识无双否？"仙客以采蘋对。仙客立取而至。古生端相，且笑且喜曰："借留三五日，郎君且归。"后累日，忽传说曰："有高品过，处置园陵宫人。"仙客心甚异之。令塞鸿探所杀者，乃无双也。仙客号哭，乃叹曰："本望古生，今死矣！为之奈何！"流涕歔欷，不能自己。是夕更深，闻叩门甚急。及开门，乃古生也。领一篦子入，谓仙客曰："此无双也。今死矣。心头微暖，后日当活，微灌汤药，切须静密。"言讫，仙客抱入阁子中。独守之。至明，遍体有暖气。见仙客，哭一声遂绝。救疗至夜，方愈。古生又曰："暂借塞鸿于舍后掘一坑。"坑稍深，抽刀断塞鸿头于坑中。仙客惊怕。古生曰："郎君莫怕，今日报郎君恩足矣。比闻茅山道士有药术，其药服之者立死，三日却活。某使人专求，得一丸，昨令采蘋假作中使，以无双逆党，赐此药令自尽。至陵下，托以亲故，百缣赎其尸。凡道路邮传，皆厚赂矣，必免漏泄。茅山使者及舁筑人，在野外处置讫。老夫为郎君，亦自刭。君不得更居此，门外有檐子一十人，马五匹，绢二百匹，五更挈无双便发，变姓名浪迹以避祸。"言讫举刀。仙客救之，头已落矣。遂并尸盖覆讫。未明发，历四蜀下峡，寓居于渚宫。悄不闻京兆之耗，乃挈家归襄邓别业，与无双偕老，男女成群。

（三）艳情小说　唐人所作的艳情小说极多。如历史小说义侠小说等，也多有以男女的恋爱为题材的。而纯粹的艳情小说，叙述悲欢离合的情事，不一定落入团圆的老套，有的结局极悲惨，写得十分动人。这些艳情小说，可说是唐人小说的菁华。著名的如《游仙窟》（张鷟）、《柳氏传》（许尧佐）、《李娃传》（白行简）、《霍小玉传》（蒋防）、《会真记》（元稹）、《非烟传》（皇甫枚）。《游仙窟》自叙奉使河源，夜投仙宅，逢见十娘五娘二女的艳情。《柳氏传》一作《章台柳传》记诗人韩翃和柳氏的离合。《李娃传》叙述荥阳生眷名妓李娃而落魄，娃助其读书成名，结为夫妇。《霍小玉传》记诗人李益和霍王之女小玉爱悦，后李负心，小玉悒悒成疾，幸有侠士黄衫客强邀李至霍家，与小玉相见，小玉数其负心，长恸而绝。《会真记》记崔莺莺与张生的艳情。《非烟传》记步非烟的苦恋并以身殉。这里录《霍小玉传》一段，写小玉对于薄幸郎的相思：

玉自逾期，数访音信，虚词诡说，日日不同。博求师巫，便询卜筮。怀忧抱恨，周岁有余。赢卧空闺，遂成沉疾。虽生之书题竟绝，而玉之相望不移，赂遗亲知，使通消息。寻求既切，资用屡空，往往私令侍婢，潜卖箧中服玩之物，多托于西市寄附铺侯景先家货卖。曾令侍婢浣沙，将紫玉钗一只，诣景先家货之。路逢内作老玉工，见浣沙所执，前来认之曰："此钗吾所作也。昔岁霍王小女，将欲上鬟，令我作此，酬我万钱，我尝不忘。汝是何人？从何得来？"浣沙曰："我小娘子即霍王女也。家事破散，失身于人。夫婿昨向东都，更无消息。恓怅成疾，今已两年。令我卖此，赂遗于人，使求音信。"玉工凄然下泣曰："贵人男女，失机落节，一至于此！我残年向尽，见此盛衰，不胜伤感！"遂引至延先公主宅，具言前事。公主亦为之悲叹良久，给钱十二万焉。

（四）神怪小说 唐人的神怪小说，写的虽不外乎神仙、释道、怪谈，然而表现人格化，所以可观。著名的作品，有《古镜记》（王度）、《补江总白猿传》（失名）、《柳毅传》（李朝威）、《枕中记》（沈既济）、《南柯记》（李公佐）、《离魂记》（陈玄祐）。《柳毅传》记柳毅为洞庭龙女传书，终娶龙女。《南柯记》述淳于棼梦入槐穴，作南柯太守，醒后知是蚁穴。《离魂记》述倩女离魂，和王宙结成夫妇的故事。兹录《柳毅传》一段，述柳在龙宫见龙女：

词未毕而大声忽发，天坼地裂。宫殿摆簸，云烟沸涌。俄有赤龙长千余尺，电目血舌，朱鳞火鬣，项擎金锁，锁牵玉柱，千雷万霆，激绕其身，霰雪雨雹，一时皆下，乃擘青天而飞去。毅初恐蹴仆地，君亲起视之曰："无惧，固无害。"毅良久稍安，乃获自定，因告辞曰："愿得生归，以避复来。"君曰："必不如此。其去则然，其来则不然，幸为少尽缱绻。"因命酌互举，以款人事。俄而祥风庆云，融融怡怡，幢节玲珑，箫韶以随。红妆千万，笑语熙熙。中有一人，自然蛾眉，明珰满身，绡縠参差。迫而视之，乃前寄辞者。然而若喜若悲，零涕如丝。须臾红烟蔽其左，紫气舒其右，香凝环旋，入于宫中。君笑谓毅曰："泾水之囚人至矣。"

笔记小说在唐朝，既有这四种，而且佳作迭出，后世自然难以为继了。唐人所作，每人不过一两篇，而后世仿作的，动辄数卷，结构趣材，千篇一律，所写的不外怪力乱神，毫无新意，更不能够跟唐人小说相比拟，所以后来终于让白话小说占了上峰。

四　从骈俪文到古文

隋唐之际，承南北朝的遗风，文章仍旧注重骈俪。只有那些应用文、历史文、学术文等，才是纯粹的散文。可是在唐初，骈俪文之弊，已经被渐渐看到，文章虽沿习南北朝的骈俪，但渐注意风骨，趋向于散文的一途。初唐四杰，王勃、杨炯、卢照邻、骆宾王，他们同时也是擅长文章的。他们仍旧写骈俪文，然而比南北朝时代的作家，已形解放。述里录骆宾王的《代徐敬业传檄天下文》一段：

> 敬业皇唐旧臣，公侯冢子。奉先君之成业，荷本朝之厚恩。宋微子之兴悲，良有以也；袁君山之流涕，岂徒然哉！是用气愤风云，志安社稷。因天下之失望，顺宇内之推心，爰举义旗，以清妖孽。南连百越，北尽三河，铁骑成群，玉轴相接。海陵红粟，仓储之积靡穷；江浦黄旗，匡复之功何远！班声动而北风起，剑气冲而南斗平。喑呜则山岳崩颓，叱咤则风云变色。以此制敌，何敌不摧？以此图功，何功不克？公等或居汉地，或叶周亲，或膺重寄于话言，或受顾命于宣室。言犹在耳，忠岂忘心？一抔之土未干，六尺之孤何托？倘能转祸为福，送往事居，共立勤王之勋，无废大君之命。凡诸爵赏，同指山河。若其眷恋穷城，徘徊歧路，坐昧先机之兆，必贻后至之诛。请看今日之域中，竟是谁家之天下？

这样的骈俪文，其气魄已经和散文一样了。于是到了唐朝中叶，骈俪文开始和散文对立。原来骈俪文是中国语文中独特的艺术，它自有其不可磨没的地位，有些抒情写景的美文，或富丽堂皇的作品，用骈俪文写比散文写要好。但是骈俪文逾越出它应用的范围，那就要不得了。——如论理说明的文章，出之以骈俪，往往不知所云；又如全篇中有字皆骈，无句不俪，侈陈故典，有类獭祭，本来是骈俪的美文，反而更丑陋。初唐四杰，这样的流弊已难避免；如杨炯的文章，好连用古人姓名，被人称为"点鬼簿"，骆宾王的文章好以数字相对，被人称为"算博士"，这些徽号，显然含有讽刺的意思。——在南北朝时代，骈俪文极盛，侵略到散文的领域，唐初还是如此。但是盛唐时代的作家，已经感觉到普通的文章，实在不应该为骈俪所操纵，于是有了复古的酝酿。所谓文章复古，便是排斥骈俪代之以散文，取法于三代两汉。在酝酿时期的作家，有陈子昂、张说等一班人。

但是到了中唐的韩愈手里，却以全力来从事古文运动，俨然有文学革命的意味。韩愈（768—824），字退之，其先世为昌黎人，故称韩昌黎。死后谥曰文，后世又称他韩文公。他在中国文学史上最大的功绩，便是文章复古运动，从此以后，骈俪文只在自己的范围内留存，不复为文体的正宗。韩愈的散文，文笔汪洋奥衍，无所不包，而且替儒教的道统作宣传，所以文名极大，被誉为"文起八代之衰"。这样的誉语，未免过甚，但他是一位文学革命的领袖，倒是真的。韩愈文章复古运动的同志，是柳宗元。柳宗元（773—819），字子厚，河东人；他曾做柳州刺史，所以后世称他柳柳州。他和韩愈，同样提倡文章复古运动，同样努力写作。但是韩愈多论理明道之文；柳宗元擅记事之作，他的山水游记，最脍炙人口。大概韩以气魄雄大胜，柳以笔致峻洁胜。这里举韩柳文章各一篇为例：

马 说 韩愈

世有伯乐，然后有千里马。千里马常有，而伯乐不常有；故虽有名马，祇辱于奴隶人之手，骈死于槽枥之间，不以千里称也。马之千里者，一食或尽粟一石。食马者，不知其能千里而食也；是马也，虽有千里之能，食不饱，力不足，才美不外见，且欲与常马等不可得，安求其能千里也！策之不以其道，食之不能尽其材，鸣之而不能通其意，执策而临之曰："天下无马。"呜呼，其真无马邪？其真不知马也。

小石潭记　柳宗元

　　从小丘西行百二十步，隔篁竹，闻水声，如鸣珮环，心乐之。伐竹取道，下见小潭。水尤清冽，泉石以为底。近岸，卷石底以出，为坻，为屿，为嵁，为岩。青树翠蔓，蒙络摇缀，参差披拂。潭中鱼可百许头，皆若空游无所依。日光下澈，影布石上，佁然不动。俶尔远逝，往来翕忽，似与游者相乐。潭西南而望，斗折蛇行，明灭可见。其岸势犬牙差互，不可知其源。坐潭上，四面竹树环合，寂寥无人，凄神寒骨，悄怆幽邃。以其境过清，不可久居，乃记之而去。同游者：吴武陵，龚古，余弟宗玄。隶而从者崔氏二小生：曰恕己，曰奉壹。

韩、柳的文章复古运动，是很成功的。同时写作古文者，韩门弟子，有李翱、张籍、皇甫湜、沈亚之等；柳的友人，有刘禹锡、吕温等。于是古文极一时之盛，直开宋欧、苏一派。

韩、柳一派的复古运动，虽然把骈俪文的领域，廓清不少，然而也不能够完全加以扑灭。到了唐末，骈俪文演变为四六文，四字一句和六字一句，相间而用，力求工整。四六字句本来起源很早，如徐陵、庾信的骈俪文，也多这样用法，但"四六文"的名称，却起于晚唐的李商隐，从此以后，骈俪文的句法，以四六为宗了。晚唐四六文有名的作家，有两个人，一是大政治家陆贽，善作奏议。一是诗人李商隐，他的文以精丽见长。陆贽的奏议，影响极大，后世作奏议的喜用四六，大概是受他的影响吧。

李商隐的四六文和诗，开后来宋朝西昆体的一派。骈文中既出了这二个大作家，古文则自韩、柳以后，继起不振，于是在唐末的文坛上，又成骈文与散文分庭抗礼的形势了。

第五章　五代两宋的文学

一　词的黄金时代

近体诗的律绝，在盛唐中唐的时候，如日中天，光辉万丈，到了唐末，便觉得继起为难。一般诗人，随他怎样努力写作，总徒存形式，缺乏境界，不能够跟以前的作家相比。于是在诗到穷途时，便有词代兴，而且骎骎日上，在五代两宋朝，词简直代替了诗，而为文学的主流。所以五代两宋的代表作是词，和唐诗一样。词在两宋，附庸蔚为大国，诗却变作附从的地位；当时兼作诗词的人，诗名往往为词名所掩呢。

词和诗的分别在那里？这是很难说的，普通以为词是长短句，倚声填谱，抒情写景，这是和诗不同的地方；其实严格说来，也不一定如此的。至于词的起源，也到今没有定论。词一名"长短句"，又名"诗余"，所以有的以为词是从诗衍化出来的；有的以为词是当时可歌的乐府诗，和不可歌的诗对立，浸而渐盛；有的以为词的起源，由于音乐上的新声。究属如何，自然不能武断，但是诗穷而后有词，那是一定的。词起源于何时？相传起于李白的《菩萨蛮》《忆秦娥》两阕，这是全不可信的。盛唐时，词连蕴酿期也谈不到，居然有这样正格的词，叫谁相信呢？这两首词无疑是后人所伪托；但就词论词，这《菩萨蛮》《忆秦娥》两阕，也是杰作，不致辱没了大诗人如李白的。词大概起于中唐，当时的诗人，看见这种"可歌唱的新体诗"，不过偶一为之，并非有心作词，也想不到它后来会蔚然发达的。中唐诗人所作的词，流传到现在的，极少极少，每人也只有二三篇。试举其著名的：如张志和《渔歌子》，韦应物《调笑令》，白居易《长相思》，刘禹锡《春去也》。到了晚唐，作词的人渐多，而温庭筠可为代表。温庭筠的词，精艳绝人，绮丽夺目，善写儿女之情，开后来《花间》一派。他可以说是初期的词的代表作家，试举他的词一首：

更漏子

　　柳丝长，春雨细，花外漏声迢递。惊塞雁，起城乌，画屏金鹧鸪。　　香雾薄，透帘幕，惆怅谢家池阁。红烛背，绣帘垂，梦长君不知。

唐亡之后，便入五代。当时中国分裂，人民离乱，文艺方面，实无足观。但是词却更进一步，作家和作品都多了。当时五代十国，各有作家，而以南唐西蜀为盛。五代的大作家，以南唐后主为第一，其次有南唐冯延巳，蜀韦庄，以及和凝、欧阳炯、孙光宪、牛峤等。关于唐五代的词，有一本总集名《花间集》，为宋初赵崇祚所选。收作家十八，词五百，惟缺后主冯延巳。盖《花间》一派，以绮语丽句为主，自然不能够包括这两个名家了。

先说南唐后主。当五代十国时代，帝王多有擅写小词的。如后唐庄宗（李存勖），蜀主王衍和孟昶都是。然而像后主这样给词以极大影响，却是少有的。后主李煜（937—978），字重光。他的父亲中主（李璟），也擅作词，有"细雨梦回鸡塞远，小楼吹彻玉笙寒"的名句。后主嗣中主而立，他在政治上是一个无能的人，宋兵下江南，还只沉醉在文学和妇人之中，终于做了亡国之君，被虏赴汴。后来怀念故国，写了《虞美人》，为宋太宗所毒死。然而在文学史上，词到后主而眼界始大，感慨遂深，真是古今第一词人！后主的词，可以分作两期，亡国以前的词，不过绮语温存，使人惊羡；亡国以后，身为囚虏，日夕以眼泪洗面，于是哀感顽艳，兼而有之。称之曰"神秀"，和温庭筠的"句秀"、韦庄的"骨秀"对比，确是的评。这里举两首作例：

浪淘沙

帘外雨潺潺，春意阑珊。罗衾不耐五更寒。梦里不知身是客，一晌贪欢。　　独自莫凭栏，无限江山，别时容易见时难。流水落花春去也，天上人间。

虞美人

春花秋月何时了，往事知多少？小楼昨夜又东风，故国不堪回首月明中。　　雕栏玉砌应犹在，只是朱颜改。问君能有几多愁？恰似一江春水向东流。

除了后主以外，五代的词家，不能不推韦庄和冯延巳。韦庄字端己，他的词清而丽，不是温庭筠的艳而丽，所以可贵。"弦上黄莺语"，这是他的词句，而他的词品也正相似。他还写诗，《秦妇吟》一首，写长安遭离残破，是一首很好的叙事长诗。这里引他的词《荷叶杯》，以见其清丽的作风。

记得那年花下，深夜，初识谢娘时。水堂西面画帘垂，携手暗相期。　　惆怅晓莺残月，相别，从此隔音尘。如今俱是异乡人，相见更无因。

冯延巳，字正中，事南唐中主，专蔽固嫉。然而他的词极好，也许在五代作家中，仅次于后主。他的作品深美闳约，委婉蕴藉，堂庑特大，开北宋晏殊、欧阳修的一派，影响甚至于比后主还大。这里试引《蝶恋花》一首：

几日行云何处去？忘却归来，不道春将暮。百草千花寒食路，香车系在谁家树。　　泪眼倚楼频独语：双燕来时，陌上相逢否？撩乱春愁如柳絮，依依梦里无寻处。

词到宋代，便是春秋鼎盛时期。作者蔚起，绚烂已极。在晚唐五代所有的词，大多是数十字的小令，中调也很少。而百字以上的长调，就是起于宋代的。词既有小令长调，体裁增多，篇幅广阔，内容也扩大了。宋以前的词，大多描写儿女之情，现在则除了谈情说爱之外，无论登山临水，闲居幽处，思古怀旧，庆贺挽吊，凡是他们想发挥的，从前泄之于诗文的，现在也多泄之于词了。而且词的种种派别，也起于宋朝。向来论词的派别，有下列几种说法：（一）豪放派与婉约派；（二）南派（婉约）与北派（豪放）；（三）北宋词与南宋词。——大概以南派的婉约为正宗，北派的豪放为变体。这样的分类，大体可以说很好，不过豪放派作家，也偶有婉约的小词；而有几个作家，也不能包括在豪放或婉约的范围内，这些待在下面再说起。总之婉约与豪放两派的分类，是比较最为一般公认的，不妨遵循着来叙述呢。

北宋的大词家，最早的应该推晏氏父子。那便是作《珠玉词》的晏殊，作小山词的晏几道。晏殊（991—1055）字同叔，抚州临川人，幼有神童之誉，仕真宗仁宗两朝为相国，可说是极荣达的。晏几道字叔原，号小山，是殊的幼子；他虽是相国之子，却秉有诗人气质，不肯奔走权贵之门，宁愿沉没以终。晏氏父子的词，都是属于婉约派，承《花间集》而来，情致缠绵，意境清新。大致晏殊浓丽而有富贵气象，几道婉转而秀丽，比乃父的工夫更胜。这里各引一首：

踏莎行　晏殊

小径红稀，芳郊绿遍，高台树色阴阴见。春风不解禁杨花，濛濛乱扑行人面。　　翠叶藏莺，珠帘隔燕，炉香静逐游丝转。一场愁梦酒醒时，斜阳却照深深院。

临江仙　晏几道

梦后楼台高锁，酒醒帘幕低垂。去年春恨却来时。落花人独立，微雨燕双飞。　　记得小蘋初见，两重心字罗衣。琵琶弦上说相思。当时明月在，曾照彩云归。

晏氏父子之后，有北宋的大文豪欧阳修。欧阳修（1007—1072）字永叔，庐陵人。他著有《六一居士词》。他是当时的大政治家兼大文豪，除词以外，诗文也极有名；他的成就是多方面的，和稍后的苏轼一样。欧公的词，仍是婉约一派，和冯延巳相近。他是一个道貌岸然的人，然而他却有许多艳词，热情流露，绮丽之极，这是有人不能相信的。不过北宋的理学名臣，如寇准、司马光，都有艳词流播人间，实不足为欧公病呢。这里举《临江仙》一首：

柳外轻雷池上雨，雨声滴碎荷声。小楼西角断虹明。阑干倚处，待得月华生。　　燕子飞来窥画栋，玉

钩垂下帘旌。凉波不动簟纹平。水精双枕，傍有堕钗
横。

同时尚有张先（子野），柳永（耆卿），也是作婉约词的大
家。张先的词，秀丽如少女，当时词名极高。柳永是一个潦倒不
遇的作家，曾举进士，官屯田员外郎，所以世称柳屯田。他的行
为极浪漫，常流连妓女群中，替她们写作艳词，曾有句"忍把浮
名，换了浅斟低唱"，仁宗大不悦，叫他"且去浅斟低唱，何要
浮名？"因此他更坎坷不遇了。他的词，香艳绝伦，通俗而有意
境，当时势力极大，所谓凡有井水饮处，即能歌柳词。同时，词
的慢词（即长调）也是他开始的。这里录《雨淋铃》一首：

　　寒蝉凄切，对长亭晚骤雨初歇。都门怅饮无绪，方
留恋处，兰舟催发。执手相看泪眼，竟无语凝咽。念去
去千里烟波，暮霭沉沉楚天阔。　　多情自古伤离别，
更那堪冷落清秋节！今宵酒醒何处？杨柳岸晓风残月。
此去经年，应是良辰好景虚设。便纵有千种风情，更与
何人说？

和婉约派相对的，是豪放派。作豪放词的大家，最早的而
且最伟大的，无疑的要推苏轼。苏轼（1037—1101），字子瞻，
号东坡居士，蜀之眉山人。父洵，弟辙，均有文名，号称"三
苏"，然而轼擅长诗、词、文、书、画，是一个多方面的作家，
则可称北宋文坛上最杰出的。他的词，一洗绮丽习气，以他自己
豪迈无前的人格，在词中表现出来，造作空前的豪放词。词到他
的手里，意境始新，范围特大，他简直以写诗、写文的作法来写
词，宁可不协音律，使词脱离音乐，成为一种独立的新诗体，从
他以后，宋词和五代词，才有截然的分别了。婉约派的柳词，须

十七八岁女郎，按红牙拍，歌"杨柳岸晓风残月"；而苏词须关西大汉，执铁绰铜琶，唱"大江东去"，可见豪放词和婉约词不同的作风。然苏词也偶有绮丽的，如《卜算子》"水是眼波横"，然这是少数，而绮丽之中，也有豪爽情味呢。这里举他的代表作，《念奴娇》（赤壁怀古）：

> 大江东去，浪淘尽千古风流人物。故垒西边，人道是三国周郎赤壁。乱石崩云，惊涛裂岸，卷起千堆雪。江山如画，一时多少豪杰！　遥想公瑾当年，小乔初嫁了，雄姿英发。羽扇纶巾，谈笑间，樯橹灰飞烟灭。故国神游，多情应笑我早生华发。人生如梦，一尊还酹江月。

出于苏氏门下的，有所谓"苏门四学士"，那是指黄庭坚、秦观、张耒、晁补之，俱擅诗文。就词而言，张耒、晁补之，影响不大，可以略去，只说黄和秦。秦七（观）黄九（庭坚），两人的词齐名，然其作风和造就，不同有似泾渭。黄庭坚字鲁直，号涪翁，又号山谷道人，洪州人，与苏轼在师友之间。庭坚的诗，开江西一派，这在下节再说。他的词豪放的和绮丽的都有。然而豪放的远不及苏轼。绮丽的只是淫浮笔墨，以俚语写狎亵的话，竟是市井人的腔调，风格不及柳永远甚。我们真不知道秦七黄九，怎能合称的！秦观（1049—1100），字少游，一字太虚，高邮人，有《淮海词》。他虽然是苏门的人，其词却完全不像苏轼，纯然是婉约派，而且娟秀得很，所谓"古之伤心人也，其淡语皆有味，浅语皆有致"。但有时未免刻画伤气，苏轼曾称其"山抹微云，天黏衰草"语模仿柳永。其实秦确乎是柳永婉约一派，不过风华较柳更高，而略嫌雕斫。在北宋的词人中，秦不愧是一个大家的。这里录《踏莎行》：

> 雾失楼台，月迷津渡，桃源望断无寻处。可堪孤馆闭春寒，杜鹃声里斜阳暮。　　驿寄梅花，鱼传尺素，砌成此恨无重数。郴江幸自绕郴山，为谁流下潇湘去？

婉约派的词家，到周邦彦可称大成功。周邦彦（1056—1121），字美成，钱塘人。他是一个大音乐家，曾提举大晟乐府。他也和柳永一样，放浪不羁，流连歌台舞榭，眷名妓李师师，甚至于和宋徽宗做了情敌。他的名作《少年游》，就是写徽宗和李师师情话的。他著有《片玉词》，又名《清真词》，艳丽细密，虽难免刻画，而极自然，又善把古人诗句，融化入词，如天衣无缝。因为他懂音乐，其词最合乐律，影响所及，开南宋姜夔、吴文英一派。这里举《少年游》为例：

> 并刀如水，吴盐胜雪，纤指破新橙。锦幄初温，兽香不断，相对坐调笙。　　低声问："向谁行宿？城上已三更。马滑霜浓，不如休去，直是少人行。"

在北宋末年，还有一个大作家李清照。李清照（1081—？）号易安居士，济南人。她是中国文学史上第一流的女作家，所著的《漱玉词》，传者虽寥寥几首，而差不多篇篇锦绣。她的丈夫赵明诚，是金石学大家。她少年时的恋爱，中岁后的凄凉，都充分表现在词中，造语清新，意境深切，婉约之中含有秀丽，正是一个聪明女子的手笔。她批评宋代词人，都不甚满意，可见眼界很高。这里录《醉花阴》（《九日》）一首：

> 薄雾浓云愁永昼，瑞脑消金兽。佳节又重阳，玉枕纱厨，半夜凉初透。　　东篱把酒黄昏后，有暗香盈袖。莫道不销魂，帘卷西风，人比黄花瘦。

　　南宋词家，也盛极一时，不过词到南宋，已由诗人之词，变作匠人之词，务模拟，重音律，而无创造；可称大家的，只有两三人。第一，应当说和苏轼并称的辛弃疾。辛弃疾（1140—1207），字幼安，号稼轩，历城人。他生当南渡之世，山东沦陷于金，他仍不忘祖国，与耿京起兵归宋；后练军谋北伐，不成，悒郁以终，宋末追谥忠敏公。他是一个爱国的军阀，同时也是一个豪放的词人。他的词，抚时感事，气魄雄壮，有白话的，有散文化的，发舒较苏词更进一层。他和苏轼一样，虽写豪放词，但也偶有艳词，如《祝英台近》的"宝钗分，桃叶渡"。这里举他的《贺新郎》一首：

　　　　绿树听啼鴂，更那堪杜鹃声住，鹧鸪声切。啼到春归无啼处，苦恨芳菲都歇，算未抵人间离别。马上琵琶关塞黑，更长门翠辇辞金阙。看燕燕，送归妾。　　将军百战身名裂，向河梁回头万里，故人长绝。易水萧萧西风冷，满座衣冠似雪，正壮士悲歌未彻。啼鸟还知如许恨，料不啼清泪长啼血。谁伴我，醉明月？

　　辛弃疾一派豪放的词人，有刘过、刘克庄、张孝祥、陈亮等；其中两刘的词，自由恣肆，完全是辛的嫡派，足和婉约派分庭抗礼。同时，爱国诗人陆游，他的词婉约和豪放都有；而感慨时事怀念家国的作品，可以跟稼轩并流。试举他的《夜游宫》（记梦）：

　　　　雪晓清笳乱起，梦游处不知何地，铁骑无声望似水。想关河，雁门西，青海际。　　睡觉寒灯里，漏声断月斜窗纸。自许封侯在万里。有谁知？鬓虽残，心未死！

南宋婉约派的巨子有姜夔、吴文英。姜夔，字尧章，号白石道人，饶州鄱阳人。他也是一个音乐家，和周邦彦一样，做词极讲究音律。他的词炼字琢句，难免生硬，然而格调高超，如野云高飞，去留无迹，所以可诵。"自制新词韵最娇，小红低唱我吹箫。"这是他的名句，也可见他的词怎样合于音律。这里举《扬州慢》一首，词前还缀有绝妙的小序，"淳熙丙申至日过扬州。……四顾萧条，寒水自碧。暮色渐起，戍角悲吟。予怀怆然，感慨今昔，因自度此曲"：

> 淮左名都，竹西佳处，解鞍少驻初程。过春风十里。尽荠麦青青。自胡马窥江去后，废池乔木，犹厌言兵。渐黄昏清角，吹寒都在空城。　杜郎俊赏，算如今重到须惊。纵豆蔻词工，青楼梦好，难赋深情！二十四桥仍在，波心荡冷月无声，念桥边红药，年年知为谁生？

吴文英，字君特，有《梦窗四稿》，他的词太讲究雕琢，失之生涩，所谓如"七宝楼台，眩人眼目；拆碎下来，不成片段"。他虽宗婉约的周邦彦，而成就不及《片玉词》远甚。但后世词匠，模拟吴文英的却极多，真是不可解。这里录他的《唐多令》，这算比较流畅的：

> 何处合成愁？离人心上秋。纵芭蕉不雨也飕飕。都道晚凉天气好，有明月，怕登楼。　年年梦中休，花空烟水流。燕辞归客尚淹留。垂柳不萦裙带住，漫长是，系行舟。

南宋的词家，尚有史达祖、高观国、蒋捷、周密、张炎、王沂孙等，虽偶有佳篇，而雕琢过甚，终没有特色。词到宋末，和唐末的诗一样，基础已定，无可发展，只有让曲来代兴了。

二　两宋的诗文

诗文两者，跟着唐朝的灭亡而衰落，宋初也无可观。宋初，杨亿、刘筠、钱惟演诸人，作诗务求绮丽，写文仍趋骈俪，宗法李商隐一派，只存形式。杨亿一派的诗文，称"西昆体"，因他们互相酬唱的篇什，结集为《西昆酬唱集》。因为西昆作家的衰靡，一时作家，都想力振颓风。在诗的方面，反西昆而复古的，有梅尧臣和苏舜钦。梅字圣俞，其诗闲淡而深远，上追陶谢，虽是近体，犹有古意。苏字子美，其诗以豪纵胜。在文的方面，反西昆而复古的，有柳开、穆修、尹洙等，然没有什么成绩。到欧阳修出，诗文方面，均脱离西昆的衰靡，而趋向新途。欧公不愧是宋朝革新诗文的领袖。欧公的诗文，规学韩愈，而有其独到处。其诗雄深雅健，正和他那艳丽温存的小词相反。《庐山高》《明妃曲》两篇诗，更是他所自负的。欧公的古文，独富神韵，纡徐委备，而条达疏畅，后来曾、王、三苏俱宗之和唐的韩、柳，合称唐宋八大家。欧公在宋朝文坛上的地位，好像唐的韩愈，然而他除了诗文之外，还是大词家，大史家，金石学家，这是韩愈所不及的。这里录欧公的名作《醉翁亭记》一篇：

> 环滁皆山也，其西南诸峰，林壑尤美，望之蔚然而深秀者，琅琊也。山行六七里，渐闻水声潺潺而泻出于两峰之间者，酿泉也。峰回路转，有亭翼然临于泉上者，醉翁亭也。作亭者谁？山之僧智仙也。名之者谁？太守自谓也。太守与客来饮于此，饮少辄醉，而年又最

高，故自号曰醉翁也。醉翁之意不在酒，在乎山水之间也。山水之乐，得之心而寓之酒也。若夫日出而林霏开，云归而岩穴暝，晦明变化者，山间之朝暮也。野芳发而幽香，佳木秀而繁阴，风霜高洁，水落而石出者，山间之四时也。朝而往，暮而归，四时之景不同，而乐亦无穷也。至于负者歌于涂，行者休于树；前者呼，后者应；伛偻提携，往来而不绝者，滁人游也。临溪而渔，溪深而鱼肥；酿泉为酒，泉香而酒洌；山肴野蔌，杂然而前陈者，太守宴也。宴酣之乐，非丝非竹；射者中，弈者胜，觥筹交错，起坐而喧哗者，众宾欢也。苍颜白发，颓然乎其间者，太守醉也。已而夕阳在山，人影散乱，太守归而宾客从也。树林阴翳，鸣声上下，游人去而禽鸟乐也。然而禽鸟知山林之乐，而不知人之乐；人知从太守游而乐，而不知太守之乐其乐也。醉能同其乐，醒能述以文者，太守也。太守为谁？庐陵欧阳修也。

和欧阳修同时，写作古文而成功的，有王安石、曾巩、三苏。王安石是政治家，也是擅长多方面的文人，文、诗、词无一不精。且说他的散文，因为王安石的性情是执拗刚愎的，他的文体，也峭拔简洁，精悍雄劲。他的词不多，但也如其文，不谈风月相思，多怀古写景之作。他的诗遒劲有力，擅长议论诗，晚年的小诗，雅丽谨严，另有一种浑成天然之趣。这里录他的短文《读孟尝君传》：

世皆称孟尝君能得士。士以故归之，而卒赖其力，以脱于虎豹之秦。嗟乎！孟尝君特鸡鸣狗盗之雄耳，岂

92

足以言得士！不然，擅齐之强，得一士焉，宜可以南面
而制秦，尚何取鸡鸣狗盗之力哉？鸡鸣狗盗之出其门，
此士之所以不至也。

曾巩，字子固。他纯然是一个古文家。他的文章，注重神
韵，深受欧阳修的影响。清朝桐城派文人，甚推重之。实则曾的
文章，典雅有余，精彩不足，才气终在欧公下。这里也不再选录
其作品。至于眉山三苏，父子一门，都是一代作手，是宋朝文坛
的佳话。苏洵，字明允，号老泉，他是一个散文家，其文章纵横
驰骋，颇带策士风气，他的议论文尤其擅长，二子轼、辙，都不
及他。苏辙是洵的幼子，轼的弟，字子由，他的性情宁静淡泊，
不似父洵的激昂，兄轼的豪放，所以文章也以明畅淡泊胜，而不
及他的父兄。三苏中除苏轼述于下面外，这里录老泉《辨奸论》
一篇，以见作风。其中攻击的对象，就是变法的王安石：

　　事有必至，理有固然。惟天下之静者，乃能见微而
知著。月晕而风，础润而雨，人人知之。人事之推移，
理势之相因；其疏阔而难知，变化而不可测者，孰与天
地阴阳之事？而贤者有不知，其故何也？好恶乱其中而
利害夺其外也。昔者，山巨源见王衍曰："误天下苍生
者，必此人也。"郭汾阳见卢杞曰："此人得志，吾子
孙无遗类矣。"自今而言之，其理固有可见者。以吾观
之，王衍之为人，容貌言语，固有以欺世而盗名者；
然不忮不求，与物浮沉，使晋无惠帝，仅得中主，虽衍
百千，何从而乱天下乎？卢杞之奸固足以败国；然而不
学无文，容貌不足以动人，言语不足以眩世，非德宗之
鄙暗，亦何从而用之？由是言之，二公之料二子，亦容

有未必然也。今有人口诵孔老之言，身履夷齐之行，收召好名之士，不得志之人，相与造作言语，私立名字，以为颜渊孟轲复出；而贼险狠，与人异趣，是王衍、卢杞合而为一人也，其祸岂可胜言哉！夫面垢不忘洗，衣垢不忘浣，此人之至情也。今也不然，衣臣虏之衣，食犬彘之食，囚首丧面，而谈诗书，此岂其情也哉？凡事之不近人情者，鲜不为大奸慝，竖刁、易牙、开方是也。以盖世之名，而济其未形之患，虽有愿治之主，好贤之相，犹将举而用之。则其为天下患，必然而无疑者，非特二子之比也。孙子曰："善用兵者，无赫赫之功。"使斯人而不用也，则吾言为过，而斯人有不遇之叹，孰知祸之至于此哉！不然，天下将被其祸，而吾获知言之名，悲夫！

苏轼上承欧公，在宋的文学界中，是一个创造的人物。他的政论、散文、四六、诗、词，甚至于书法、绘画，无一不精，无一不自成一格。宋的散文，宋的诗词，所以不会和前代相混，可以说是从东坡开始的。先说散文，他批评自己，"作文如行云流水，初无定质；但当行于所当行，止于所不可不止"。真中肯綮！他的散文，驰骋变化发舒之至。就是他的四六，也是极自由的。这里录他的《前赤壁赋》一篇以见他用怎样自由的笔法写赋：

壬戌之秋，七月既望，苏子与客，泛舟游于赤壁之下。清风徐来，水波不兴。举酒属客，诵明月之诗，歌《窈窕》之章。少焉，月出于东山之上，徘徊于斗牛之间。白露横江，水光接天。纵一苇之所如，凌万顷之茫

然。浩浩乎，如冯虚御风，而不知其所止；飘飘乎，如
遗世独立，羽化而登仙。于是饮酒乐甚，扣舷而歌之。
歌曰："桂棹兮兰桨，击空明兮溯流光。渺渺兮予怀，
望美人兮天一方。"客有吹洞箫者，依歌而和之，其声
呜呜然，如怨如慕，如泣如诉。余音袅袅，不绝如缕；
舞幽壑之潜蛟，泣孤舟之嫠妇。苏子愀然，正襟危坐，
而问客曰："何为其然也？"客曰："月明星稀，乌鹊
南飞，此非曹孟德之诗乎？西望夏口，东望武昌，山川
相缪，郁乎苍苍，此非孟德之困于周郎者乎？方其破荆
州，下江陵，顺流而东也，舳舻千里，旌旗蔽空，酾酒
临江，横槊赋诗，固一世之雄也，而今安在哉？况吾与
子，渔樵于江渚之上，侣鱼虾而友麋鹿，驾一叶之扁
舟，举匏樽以相属。寄蜉蝣于天地，渺沧海之一粟。哀
吾生之须臾，羡长江之无穷；挟飞仙以遨游，抱明月而
长终。知不可乎骤得，托遗响于悲风。"苏子曰："客
亦知夫水与月乎？逝者如斯，而未尝往也；盈虚者如
彼，而卒莫消长也。盖将自其变者而观之，则天地曾不
能以一瞬；自其不变者而观之，则物与我皆无尽也，而
又何羡乎？且夫天地之间，物各有主；苟非吾之所有，
虽一毫而莫取。惟江上之清风，与山间之明月，耳得之
而为声，目遇之而成色，取之无禁，用之不竭。是造物
者之无尽藏也，而吾与子之所共适。"客喜而笑，洗盏
更酌。肴核既尽，杯盘狼藉，相与枕藉乎舟中，不知东
方之既白。

苏轼的词，开豪放一派，已述于前。其诗出入于李、杜、

韩，而自成其豪迈爽朗一派。所谓才思横溢，触处生春，对于后世的影响极大。宋诗至苏轼和他同时的黄庭坚，居然在唐诗之外，另辟新境界。试举轼的小诗《惠崇春江晚景》一首：

竹外桃花三两枝，春江水暖鸭先知。蒌蒿满地芦芽短，正是河豚欲上时。

自从唐宋八大家之后，散文已经成为文章的正宗，然而以后的作家，少有出欧阳、曾、王、三苏之右的，所以不再多说。同时四六文到北宋，也有散文化的趋势，奏议一类，出诸散文化的四六不少，议论工切，文辞典雅。欧阳修和苏轼，就是北宋的两大作家。南宋文士，如汪藻、周必大、真德秀、文天祥等，也兼擅四六，但议论有余，神韵不足，可以无庸深论了。

诗则从欧阳修、苏轼以来，西昆绮靡，荡涤无余，可说是伟绩。然而宋诗终不能复唐之旧。于是宋诗乃趋于清新生硬之途。该派的诗，以"江西诗派"为最。江西诗派的领袖，是黄庭坚、陈师道。黄庭坚的词虽太狎亵，而他的诗倒是一种创造的体裁，清新高绝，可惜过于拗峭生滑，没有抑扬反复之妙。陈师道学于黄庭坚，其诗也是这样。试引黄庭坚的诗《登快阁》一首：

痴儿了却公家事，快阁东西倚晚晴。落木千山天远大，澄江一道月分明。朱弦已为佳人绝，青眼聊因美酒横。万里归船弄长笛，此心吾与白鸥盟。

南宋的诗人，以陈与义最为老师。陈与义字去非，他的诗词，非常清润。后有尤、杨、范、陆，称四大家。尤为尤袤，其作品今已佚。杨为杨万里，范为范成大，陆为陆游。杨万里，字廷秀，学者称诚斋先生。他极讲究名节，其诗富健粗豪，学江西诗派，而以白话入诗，足称一大家。范成大，字致能，自号石湖居士。他虽然做过高官，而诗善写田园风物，闲适自然，很有白话诗的风味。试举他的《四时田园杂兴》诗数首：

> 桑下春蔬绿满畦，菘心青嫩芥苔肥。溪头洗择店头卖，日暮裹盐沽酒归。

> 昼出耘田夜绩麻，村庄儿女各当家。童孙未解供耕织，也傍桑阴学种瓜。

> 新筑场泥镜面平，家家打稻趁霜晴。笑歌声里轻雷动，一夜连枷响到明。

> 放船闲看雪山晴，风定奇寒晚更凝。坐听一篙珠玉碎，不知湖面已成冰。

然而南宋最大的诗家，不能不推作《剑南诗稿》的陆游。陆游（1125—1210），字务观，号放翁，越州山阴人。他和范成大是诗友，曾在范的幕僚里做事，宾主很相得。他的诗写得极多。大部分是写景的；也有一部分，抚时感事，不满于中国的偏安南方，恨不得北扫金兵，恢复中原，是激昂慷慨的爱国诗篇，因此他有爱国诗人之称。总之，放翁的诗，于清新刻露之外，能使之圆润敷腴，自成一格。但他的近体诗中，颇多重复泄沓的句子，后人因其易学，纷纷剽窃，于是流而为率易庸滑了。其实放翁悲壮沉雄的古体，有老杜遗风，这是更值得注意的。这里选录他的古体近体各一两首，以见作风：

长歌行

> 人生不作安期生，醉入东海骑长鲸；犹当出作李西平，手枭逆贼清旧京。金印煌煌未入手，白发种种来无

情。成都古寺卧秋晚，落日偏傍僧窗明；岂其马上破贼
手，哦诗长作寒螀鸣？兴来买尽市桥酒，大车磊落堆长
瓶，哀丝豪竹助剧饮，如钜野受黄河倾。平时一滴不入
口，意气顿使千人惊。国仇未报壮士老，匣中宝剑夜有
声；何当凯旋宴将士，三更雪压飞狐城。

初 夏

纷纷红紫已成尘，布谷声中夏令新。夹路桑麻行不
尽，始知身是太平人。

示 儿

死去元知万事空，但悲不见九州同。王师北定中原
日，家祭无忘告乃翁。

和范成大陆游同时的大词人姜夔，他的诗写得也很好，明白
如话，其味隽永。但他的诗为词所掩，这里也不再举例了。还有
所谓"永嘉四灵"者，这四灵是徐照（灵晖）、徐玑（灵渊）、
翁卷（灵舒）、赵师秀（灵秀），都是叶适的弟子，他们看到江
西诗派生硬之弊，便远宗唐贾岛，多幽深之作，可惜破碎纤巧，
影响未大，不过是盛极一时的江西诗派的反动罢了。总之，近体
诗到宋朝，虽然开了清新生硬的一条路，然而究竟不能挽回时代
的巨流，使它再度繁荣。于是宋朝以后，近体诗非失之平庸，便
失之生涩，和盛唐比较，真味同嚼蜡了。

三　平话的产生

作为民众文学的平话和戏曲，在宋代已经产生。关于戏曲方面，为便利计，并述于下节，这里单述平话。所谓平话，实在就是白话小说。在宋以前，中国的小说，只有短篇，而且是用文言写成，不过为贵族文人的游戏笔墨。这种小说，普通称作笔记小说，如唐朝的传奇文即是。宋朝文人，模仿唐人小说，十分努力。这种文言的笔记小说，在宋盛极一时，著名的如欧阳修《归田录》、司马光《涑水记闻》、苏轼《仇池笔记》、吴处厚《青箱杂记》、洪迈《夷坚志》、周密《齐东野语》、陆游《老学庵笔记》、王谠《唐语林》、庄绰《鸡肋集》等。其内容有的述神怪，有的道掌故，有的杂记，有的言情；体例略备，卷帙繁多。如洪迈的《夷坚志》，竟有四百二十卷呢。但是无论如何，宋人笔记小说的价值，远不能与唐人并驾齐驱。宋人的新贡献，是民众文学的平话小说。我们可以大胆地说，随他欧阳修、司马光等学究天人，他们的笔记，就文学上的价值而言，决不及无名氏的平话的。

宋朝的平话，又名诨词，它的发生，原和文字著作无关的。原来两宋时代，政府重文治，无意经营，国家闲暇，颇有太平盛世的现象。民众需要娱乐作消遣，于是有一种"说话"的人出现，他们专以讲述故事娱乐听众为职业，正像现在的说书。在南宋虽然偏安江南，而国都临安，仍旧熙熙攘攘，靠"说话"谋生的很多。据说那时说话的有四家：一是讲"小说"的，称作"银字儿"，专讲烟粉、灵怪、传奇、公案、扑刀、赶棒及发迹变态之事。二是"谈经"的，这是演说佛书。三是"讲史书"的，讲说前代兴废战争之事。四是"合生"，是品评人物的。其中的谈经和合生，比较不重要，只有小说与讲史书，才是当时说话的中坚。这些说话的底本，便叫话本，也是我们今日所看到的平话小说。小说总以"话说"开头，所以叫平话，这就是后来白话章回小说的起源。

平话小说，因为就是当时说话的底本，作者自然不详，也许是众口流传之后，好事者才写成定本的。流传到现在的，只存平话三种，拟平话二种。那三种平话是《大宋宣和遗事》《新编五代史平话》《京本通俗小说》；那两种拟平话是《大唐三藏法师取经诗话》和《青琐高议》。请先述这三种平话，它们虽然卷帙散失，首尾不全，但在民众文学的观点上，它们是极宝贵的资料。

《大宋宣和遗事》，并非是纯粹的白话文，它间用极浅近的文言写成，参以若干白话，文笔很像后来的《三国志演义》。一共分元亨利贞四集，包括十种史实。宣和本是宋徽宗的年号，所以其中叙述，都是徽宗、钦宗、高宗三代的轶事，而以徽宗为主。开头自然照说书人的家法，自上古到宋初，很略的撮说一下，以后就讲述王安石的变法，梁山泊聚义的始末，徽宗游狎邪昵名妓李师师，金兵南下虏徽钦二帝，至高宗定都临安为止。其中所说梁山泊故事，是《水浒》最早的形式；述徽宗恋李师师事十分艳丽，关于二帝北狩的史实，却叙得凄怆动心。就文学价值而言，也不愧是名作呢。

《新编五代史平话》是演说梁、唐、晋、汉、周五朝的史事，每代二卷，本有十卷。今存者只有《梁史》一卷，《唐史》

二卷，《晋史》二卷（缺首叶），《汉史》一卷，《周史》二卷，计存八卷，各阙梁、汉下卷。每史前有细目，以诗一首开头，然后入正文，再以诗一首作结束。这是当时讲史的话本，也是后来历史演义小说的祖宗，以后的《三国志演义》一类的书，都是承继这一派而产生的。全书虽然说的是五代，但开头则略述历史兴亡之事，从开辟到唐末，大约这样的给听众一个线索，乃是当时讲史的家法。全书的题材，大多以正史为主，旁采佚闻杂说，以资点染，然而总无大乖于史实。本书纯粹以白话写成，结构伟大，插写生动，比《大宋宣和遗事》，又进一层了。

　　《京本通俗小说》是当时"小说"的话本，由后人所辑集。它如今还是个残本，所剩留的只有卷十到卷十六及卷二十一八卷。每卷一篇，包括一个故事，凡八篇。所以就剩下的八卷来看全书，大概它是一个短篇小说的总集，很像后来《今古奇观》一类的书。它也完全用白话写成，而且颇有说书人的口气。这八篇的题目如下：（一）《碾玉观音》，（二）《菩萨蛮》，（三）《西山一窟鬼》，（四）《志诚张主管》，（五）《拗相公》，（六）《错斩崔宁》，（七）《冯玉梅团圆》，（八）《金主亮荒淫》。但这《金主亮荒淫》一篇恐为后人伪托。前七篇说的，都是宋人自己国里的事，而且大多是南宋初年的事迹，未必忽然会跳到金主亮吧。这七篇之中，《拗相公》自然是指王安石，是带些政治意味的，其余的都是社会小说，并以男女恋爱为题材。也许这些事迹，在当时都实有其事，成为哄动一时的新闻，于是说话的人就当作绝妙的材料，还加上些穿插，来说给听众消遣，所以讲述得非常逼真，我们现在看这几篇，也觉得娓娓如话。在《冯玉梅团圆》中，有二句话，是："话须通俗方传远，语必关风始动人。"宋以后做这一派小说者的精神，确是如此的呢。

《碾玉观音》写高宗绍兴时，有个碾玉待诏叫崔宁的，曾经替咸安郡王碾过玉观音，颇得郡王厚遇。后崔宁和郡王府中的养娘秀秀相爱，秀秀私奔崔宁，迁就他做了夫妇。两人逃到潭州，为郭排军所见，秀秀遂被郡王活埋。她的鬼魂，仍旧跟着崔宁为夫妇，终于报了郭排军的仇。《菩萨蛮》则是写一件冤案。高宗绍兴时有才士陈义，出家在灵隐寺为僧。他擅长作词，以《菩萨蛮》词受当时贵人吴七郡王的激赏；后来竟被诬与王府侍女新荷通奸，遭受非刑。等到这事大白，陈义已经负冤死了。《西山一窟鬼》虽写鬼怪，而极有人间味。绍兴时有一个秀才吴洪，因为考试落第，在临安教读为生。因为中馈尚虚，凭媒介绍，娶了一个老婆，谁知她竟是鬼怪化身的，后赖癫道人为之作法除去。《志诚张主管》是情节曲折的恋爱故事，写东京张士廉少妻，单恋其家主管张胜，屡施勾引，胜守身如玉，终不为所动。《拗相公》说王安石事，颇带谴责意味。《错斩崔宁》也是一件冤案，说有少年崔宁，因路值刘贵的姜陈氏，被人指作通奸，恰巧刘贵为盗所杀，崔宁被屈打成招，遂斩首正法。后来刘贵嬬妻王氏，又为盗所劫，案情才大白，而崔宁早含恨地下了。《冯玉梅团圆》写高宗时有女子冯玉梅，随父上任，半途为贼将范希周所劫，两相爱好，遂成夫妇，旋失散。等到乱平后，范改名贺承信，辗转又与冯玉梅重行团圆，其中情节，可说是极曲折的。《京本通俗小说》的几篇，描写社会情状，比较讲史的更进一步，白话小说的前途，遂更广大的展开了。

拟平话二种，一是《大唐三藏法师取经诗话》，是《西游记》的所本。一是《青琐高议》，和《京本通俗小说》相类。但是宋人的平话，实在决不止前述的五种，不过口口相传，缺乏记录，写述的话本，有的散佚，有的残缺，流传者仅此，殊觉憾事。然而从宋朝平话的流行，白话小说始奠基础，到元明清而大成；则宋人平话在文学史上的地位，也就可以想见了。

第六章　金元的文学

一　散曲的发生和进展

宋朝一直是在和北方民族对峙中过日子的。起初北方是契丹族的辽，辽旋被女真族的金所灭。金和宋对峙的时期，比辽和宋更长久。辽入据燕云，已经受中国文化的影响，可惜辽的文化才萌芽，勇武之气已衰，便见灭于金。金承袭辽的文化，自然中国化比辽更容易。而且金入据黄河流域，奄有中原，根基比较丰厚，文化便焕然大盛。金虽有女真文字，然而流传不广，终于像从前入据中国北方的游牧民族一样，以中国语文为国语。戏曲之兴，大半由于金元两朝北方民族的力量，南方的宋，虽有间接的影响，而直接的功绩却不多。在元一代，是中国戏曲的黄金时代，和唐诗宋词，并垂千古。但是要说是元的戏曲，不能不先述散曲，因为它是承接诗词而来，一脉相传，而为戏曲的前驱呢。

"散曲"大致是和"戏曲"对称的。散曲只用于歌唱；戏曲却有动作可供表演的。元代的戏曲，又称杂剧，散曲通常又可分为"小令"和"套数"两种。小令犹词中的小令，那是只用一个曲调而组成的，所以较为短小，也正和诗中之有绝句。套数也名散套，也是由两个以上曲词组成为一套的，所以比较复杂，但只供歌唱而不堪表演则一。

散曲的发生，承诗词而来。当诗不可歌唱，徒存形式，乃有可歌唱的词发生，不久词徒存形式，不可歌唱，乃有可歌唱的散曲发生。因此曲是文学和音乐的混血儿，它的开始，不单是文人学士遣兴之作，而且是民众们口头常歌咏的东西，所以是极通俗的，正和唐诗宋词的开始一样。散曲虽然盛行于金元，在宋朝也有渊源可见。白话小说起源于宋的平话，同样的，宋时供歌舞的乐曲，和咏唱的鼓子词，也为曲的前驱，这些乐曲和鼓子词，正是太平盛世娱乐听众的产物呢。

鼓子词大约起于北宋，到南宋而大盛。陆放翁有一首诗，很可见当时盛行鼓子词的风气。那是"斜阳古柳赵家庄，负鼓盲翁正作场，死后是非谁管得？满村听唱蔡中郎"，这正像如今唱新闻的瞎子一样了。鼓子词仍旧是用词调写成的，可以合鼓歌唱，所以这已经可说是散曲的先声，不过仍用词调而没有曲调罢了。今宋人的鼓子词，传者很少，只有赵令畤（德麟）的《崔莺莺商调蝶恋花》一篇，咏元稹《会真记》中的事，见于《侯鲭录》中。但这篇是文人的拟作，不足完全代表当时的鼓子词，而大部分的作品，因为是"负鼓盲翁"歌唱给市人村民听的，无从笔录，散失殆尽了。

尚有诸宫调者，也可供歌唱以娱听众，和鼓子词一样，同为曲的前驱，而诸宫调有说有唱，用好几种宫调，以衍述一个故事，更和曲相接近。诸宫调大都是由一个优人，用弦索弹唱，和后来的戏曲扮演者不同。它据说是北宋泽州孔三传所首创的，大盛于金。当时金的诸宫调，叫作院本。院是行院，是当时娼妓所住的地方。据《辍耕录》所载，金的院本有六百九十种，其发达可想。惜流传到现在的金院本，仅有《西厢记诸宫调》一种。《西厢记诸宫调》也称作《西厢搊弹词》，或《弦索西厢》，因为它是用弦索弹唱的东西。所述的也是《会真记》故事，后来王实甫的《西厢记》，就是根据它而作的。《弦索西厢》的作者，是董解元，大约是金章宗时人。他的名字里籍，俱不可考，所以称为解元，也只是当时书生的一般称呼，未必一定是科举中式的。《弦索西厢》全书分四卷，而以莺莺和张生团圆作结，也许要使听众欢心，便跟《会真记》稍异了。《弦索西厢》虽然有说有词，究竟是一人代言体，不是多人扮演体，近乎散曲一类，不能够说是杂剧（即戏曲）。不过在文学方面，它的词句，精工巧丽，足为金源一代文章，生色不少。

在金元之间，散曲作者蔚起。他们起初单写供歌唱的散曲，后来更组散曲而变为杂剧；所以散曲的作者，同时也写杂剧。杂剧既然是戏曲，我们放在下一节里去叙述，这里单说散曲的作者。因为散曲正是杂剧的根基，它在词和曲之间，恰似过渡的桥梁。

初期散曲的作家，可分清丽与豪放两派。先说清丽派，名作手有元好问、王鼎、关汉卿、王实甫、白朴、卢挚等。大多生当金元之间，以元好问为最早。元好问原是金源一代最著名的诗人，他的散曲流传不少，同时也为诗名所掩；但是他选辑金代的散曲为《中州乐府》十卷，使我们可以窥见最早的曲，其功绩是不可泯灭的。今举他的散曲《阳春曲》（《春宴》）一首，可以窥见他的作品，还不脱词的规模呢：

　　梅擎残雪芳心奈，柳倚东风望眼开，温柔樽俎小楼台。红袖绕，低唱《喜春来》。

王鼎字和卿，大都人。他的散曲于清丽之中，有时带点诙谐的风气，当时已极有名。这里只录《沉醉东风》（《闲居》）一首①：

> 恰离了绿水青山那答，早来到竹篱茅舍人家。野花路畔开，村酒槽头榨。直吃的欠欠答答。醉了山童不劝咱，白头上黄花乱插。

关汉卿、王实甫、白朴都是作杂剧的名家。但是他们的散曲，虽存者不多，也写得极好。尤其是散曲到他们手里，更进一步，合小令而为套数。可惜套数太长，限于篇幅，只能够录关汉卿的一篇，以见格式。王实甫和白朴只引小令一首，他们三人的作风，是一般的清丽旖旎，善写男女之情；而他们可传者，不在散曲，而在于杂剧呢。

尧民歌（别情）　王实甫

> 怕黄昏不觉又黄昏，不销魂怎地不销魂；新啼痕压旧啼痕，断肠人忆断肠人。今春香肌瘦几分，搂带宽三分。

驻马听（舞）　白朴

> 凤髻盘②空，袅娜腰肢温更柔。轻移莲步，汉宫飞燕旧风流。漫催鼍鼓品梁州，鹧鸪飞起春罗袖。锦缠头，刘郎错认风前柳。

---

① 原作如此。疑为卢挚作。
② 今一般写作"蟠"。

新水令　关汉卿

【新水令】楚台云雨会巫峡，赴昨宵约来的期话。楼头栖燕子，庭院已闻鸦，料想他家，收针指，晚妆罢。

【乔牌儿】款将花径踏，独立在纱窗下，颤钦钦把不定心头怕。不敢将小名儿呼咱，只索等候他。

【雁儿落】怕别人瞧见咱，掩映在酴醾架。等多时不见来，只索独立在花阴下。

【挂搭钩】等候多时不见他，这的是约下佳期话，莫不是贪睡人儿忘了那！伏冢在蓝桥下，意懊恼恰待将他骂，听得呀的门开，蓦见的如花。

【豆叶黄】髻挽乌云，蝉鬓堆鸦。粉腻酥胸，裊娜腰肢更喜恰，堪讲堪夸。比月里嫦娥，媚媚孜孜，那更撑达。

【七弟兄】我这里觅他唤他。哎！女孩儿，果然道色胆天来大。怀儿里搂抱着俏冤家，揾香腮悄语低低话。

【梅花酒】两情浓，兴转佳。地权为床榻，月高烧银蜡。夜深沉，人静悄，低低的问如花，终是个女儿家。

【收江南】好风吹绽牡丹花，半合儿揉损绛裙纱。冷丁丁舌尖上送香茶，都不到半霎，森森一向遍身麻。

【尾】整乌云欲把金莲屈，扭回身再说些儿话：你明夜个早些儿来，我专听着纱窗外芭蕉叶儿上打。

卢挚字处道，号疏斋。他的作品，现在也只存小令，在清丽中带有爽朗的风味。兹录《折桂令》（《金陵怀古》）：

　　记当年六代豪夸；甚江令归来，玉树无花。商女歌
声，台城畅望，淮水烟沙。问江左风流故家，但夕阳衰
草寒鸦，隐映残霞。寥落归帆，呜咽鸣笳。

　　再说初期豪放派的作家，著名的有马致远、冯子振、张养
浩、贯云石几人。豪放派和清丽派的区别，原就其大部分的作品
而言，并不是绝对的。如清丽派也有闲适的境界，豪放派也有旖
旎的作品，不过分量较少而已。马致远原是杂剧的大作手，和关
王白齐名。然而他的散曲，描写情景，发抒感慨，俱臻上乘，于
豪迈之中，有苍凉遒劲的风味，所以可贵，后世散曲作家，受他
的影响很大。这里录《天净沙》四首：

　　枯藤老树昏鸦，小桥流水人家，古道西风瘦马。夕
阳西下，断肠人在天涯。

　　长途野草寒沙，夕阳远水残霞，衰柳黄花瘦马。休
题别话，今宵宿在谁家？

　　江南几度梅花，愁添两鬓霜华，梦儿里分明见他。
客窗直下，觉来依旧天涯。

　　西风渭水长安，淡烟疏雨骊山，不见昭阳玉环。夕
阳楼上，无言独倚栏干。

　　冯子振，字海粟。他为人豪俊，所作散曲也是这样。这里录
《鹦鹉曲》一首：

　　重来京国多时住。恰做了白发伧父。十年枕上家
山，负我湘烟潇雨。断回肠一首《阳关》，早晚马头南

去。对吴山结个茅庵，画不尽西湖巧处。

张养浩，字希孟。他的散曲，在豪放之中，有悲壮之味，如秋风铁笛之声，这里录《山坡羊》（《潼关怀古》）：

> 峰峦如聚，波涛如怒，山河表里潼关路。望西都，意踌躇。伤心秦汉经行处，宫阙万间都做了土。兴，百姓苦；亡，百姓苦。

贯云石，号酸斋，他的散曲，如词中的苏辛，豪放俊逸，但也有清丽的小令。这里录《寿阳曲》一首：

> 鱼吹浪，雁落沙，倚吴山翠屏高挂。看江潮鼓声千万家，卷珠帘玉人如画。

初期之后，散曲更形兴盛，简直与杂剧分道扬镳。曲在一方面，进化而为杂剧；在另一方面，散曲抒情写景，正像诗词一样。元朝中叶以来，散曲的作者辈出，直到明嘉靖间，可说是散曲的全盛时期。综元一代，散曲的作家，除上述初期诸人外，第二期有张可久、乔吉、郑光祖、徐再思、钟嗣成等，明代作家，当于次章附说。张可久，字仲远，号小山，在元人中，他的散曲作得最多，毕生致力于此，可说是散曲中的领袖。其作风清而且丽，华而不艳，并有爽朗的风味。试举小令数首：

小桃红（离情）

> 几场秋雨老黄花，不管离怀；一曲哀弦泪双下，放琵琶。挑灯羞看围屏画，声悲玉马，新罗帕，恨不到天涯。

清江引（春思）

> 黄莺乱啼门外柳，雨细清明后。能消几日春？又是

相思瘦。梨花小窗人病酒。

乔吉、郑光祖，都是杂剧作家。郑光祖的散曲存者不多，属于清丽一派。乔吉的散曲，当时和张可久齐名，而丰富也仅次于张可久。乔吉的作风，也是清丽一派，而带些放达的风味。试举两首：

卖花声（悟世）

肝肠百炼炉间铁，富贵三更枕上蝶，功名两字酒中蛇。尖风薄雪，残杯冷炙，掩青灯竹篱茅舍。

折桂令（春怨）

怎生来宽掩了裙儿？为玉削肌肤，香褪腰肢。饭不沾匙，睡如翻饼，气若游丝。得受用遮莫害死，果诚实有甚推辞，干闹了多时。本是结发的欢娱，倒做了彻骨儿相思。

徐再思，号甜斋，他的散曲，与初期的贯云石并称。但云石豪放，而再思的作品，却属于清丽一派，并包含着凄婉。这里录两首：

水仙子（夜雨）

一声梧叶一声秋，一点芭蕉一点愁，三更归梦三更后。落灯花棋未收，叹新丰孤馆人留。枕上十年事，江南二老忧，都到心头。

朝天子（西湖）

里湖，外湖，无处是无春处，真山真水真画图。一片玲珑玉，宜酒宜诗，宜晴宜雨。销金锅，锦绣窟。老苏，老道，杨柳堤，梅花墓。

钟嗣成，字继先，号丑斋。他有一本著作叫《录鬼簿》的，记载元朝曲家及其作品，为后人研究元曲最好的参考书。他也著作杂剧，今不传。他的散曲，偶有清丽之作，但大致总属于豪放一派。试举一首：

水仙子

灯前抚剑听鸡声，月下吹箫引凤鸣。功名两字原无命，学神仙又不成。叹吴侬何处归耕，日月闲中过，风波梦里惊，造物无情。

散曲到此，已经像诗词一样，变作发抒自己感情最好的工具了。唐诗宋词元曲，一脉相传，于此更可证明。但是元曲别有佳处，为唐诗宋词所无的，这就是"自然"。不但杂剧如此，散曲也是如此。当时以白话入词，不重典实，惟取真切，于是蔚成一代文学的主流而永垂不朽了。

二 戏曲文学杂剧

上节说到元曲，把散曲和戏曲对举。散曲可歌唱而不可扮演，还近于诗词一派。戏曲则可供表演了。元代的戏曲，称作杂剧，为音乐与文学的握手，原由散曲而更进一步的。到了元末，又有一种称作传奇的戏曲出现，那是承杂剧而来的，到明而大盛。因为杂剧为北曲，但南人听不惯北音，所以略加改变，创出南曲来，南曲就是普通所谓传奇。我们这里为清楚起见，不妨列成一表：

$$曲\begin{cases} 散曲（盛于元）\\ 戏剧\begin{cases} 杂剧——北曲（盛于元）\\ 传奇——南曲（盛于明清）\end{cases}\end{cases}$$

这一节是说元曲的精华杂剧。中国戏曲的起源，由于歌舞，这在古代是早已有的。在唐朝更盛，但相传唐玄宗梨园子弟三千，所表演的，也许还是歌舞剧。宋金两国，民众文学开始抬头，戏曲也有萌芽。可是宋的乐曲，金的院本，已不可考，想来还不脱歌唱以娱听众的形式。金末元初，散曲勃兴，于是歌唱的曲和表演的舞，渐渐合而为一，形成在元朝灿烂一时的杂剧。

杂剧的形式是怎样的呢？大概可以说：（一）每剧四出；四出不足的时候，方加一楔子。（二）一出一调一韵，第一出，多用《仙吕点绛唇》的调子，以后便不拘了。（三）一人独唱，独唱者为戏曲中的主角，不是正末，便是正旦。其他杂色，只有说白而不唱曲。唱曲者为主人，说白者为宾客。所以他们的对话，叫作"宾白"。（四）一篇剧词，由"科""白""曲"三者组成。科是动作，白是对话，曲是唱辞。

杂剧是北曲，和后来称作传奇的南曲，有什么分别呢？大致比较起来：北曲无入声，南曲有四声；北曲字多而调促，南曲字少而调缓；北曲辞情多而声情少，南曲辞情少而声情多；北曲为每剧四出，南曲则没有限制；北曲为弹而唱的，南曲为吹而唱的；北气易粗，南气易弱；北主劲切雄丽，南主清峭柔远。——这是两者的大别。北曲的代表作品，可举王实甫《西厢记》；南曲的代表作品，可举高明《琵琶记》，这两书在后面都要说到的。

元代的杂剧，据《录鬼簿》和《太和正音谱》所载，总有四五百种以上；也许在实际上，还不止此数。但留存到如今的，不过百余种，大多搜罗在明臧晋叔的《元曲选》内。元曲的作家，据《录鬼簿》所载，有一百十七人，但其中大部分是不重要的。这些作家，大概可以分作两期，当元的初期，作家差不多是金的遗民，以大都和真定人才最盛。当元的后期，则南方也有作家出现。如果要举代表的人，初期著名的有关汉卿、王实甫、马致远、白朴，后期著名的有郑光祖、乔吉。今把这几个人撮要一述。

关汉卿，大都人，曾做过太医院尹。他所著杂剧，计有六十三种，在中国的戏曲作家中，丰富无出其右者，所以《录鬼簿》把他列为第一人。可惜如今所存的，只十三种，以《拜月亭》《单刀会》《窦娥冤》《续西厢》几种最有名。他的杂剧，最以自然胜，明朱权称关曲如"琼林醉客"。《窦娥冤》正名是《感天动地窦娥冤》，可称他的代表作。这是一本大悲剧。叙述汉京兆穷秀才窦天章，欠了蔡婆的银，便把女儿窦娥给她做养媳。十七岁成婚，不久夫死。那时有赛卢医的，想谋害蔡婆，幸被张驴儿所救。张驴儿恃恩，想娶窦娥为妻，窦娥不肯。张想毒死蔡婆，她孤苦无依，必能答应，谁知他下毒后，他的父亲误服而死。张驴儿悔恨告官，诬指窦娥谋害，竟判死罪，行刑时六月飞雪。后来窦天章做了廉访使，才替她的鬼魂洗冤。这里引窦娥被杀一段：

【刽子云】你如今到法场上，有甚么亲眷要见的，可教他过来，见你一面也好。

【正旦唱】【叨叨令】可怜我孤身只影无亲眷，则

114

落的吞声忍气空嗟怨。

【刽子云】难道你爷娘家也没有的？

【正旦云】止有个爹爹，十三年前上朝取应去了，至今杳无音信。【唱】早已是十年多不睹爹爹面。

【刽子云】你适才要我往后街里去，是甚么主意？

【正旦唱】怕则怕前街里被我婆婆见。

【刽子云】你的性命也顾不得，怕他见怎的？

【正旦云】俺婆婆若见我披枷带锁赴法场餐刀去呵，【唱】枉将他气杀也么哥，枉将他气杀也么哥！告哥哥，临危好与人行方便。

【卜儿哭上科云】天那！兀的不是我媳妇儿！

【刽子云】婆子靠后。

【正旦云】既是俺婆婆来了，叫他来，待我嘱付他几句话咱。

【刽子云】那婆子近前来，你媳妇要嘱付你话哩。

【卜儿云】孩儿，痛杀我也！

【正旦云】婆婆，那张驴儿把毒药放在羊肚儿汤里，实指望药死了你，要霸占我为妻；不想婆婆让与他老子吃，倒把他老子药死了。我怕连累婆婆，屈招了药死公公，今日赴法场典刑。婆婆，此后遇着冬时年节，月一十五，有浆不了的浆水饭，浆半碗儿与我吃；烧不了的纸钱，与窦娥烧一陌儿，则是看你死的孩儿面上！

【唱】【快活三】念窦娥葫芦提当罪愆，念窦娥身首不完全，念窦娥从前已往干家缘。婆婆也，你只看窦娥少爷无娘面！【鲍老儿】念窦娥伏侍婆婆这几年，过

115

时节将碗凉浆奠，你去那受刑法尸骸上烈些纸钱，只当把你亡化的孩儿荐！

【卜儿哭科云】孩儿放心，这个老身都记得。天那，兀的不痛杀我也！

【正旦唱】婆婆也，再也不要啼啼哭哭，烦烦恼恼，怨气冲天。这都是我做窦娥的没时没运，不明不暗，负屈含冤。

王实甫，也是大都人。他的杂剧，有十四种，今只存《西厢记》《丽春堂》两种。他的大作《西厢记》，是北曲的代表作，迄今流行不衰。《西厢记》的故事，原根据于唐元稹《会真记》，依照金董解元的《弦索西厢》而改编的。《会真记》的题材，本极艳冶，叙述才子佳人的悲欢离合，极能打动读者的心灵。《西厢记》更以浓丽的词藻，衍演这故事。所以朱权评王实甫的曲，如"花间美人"，的确中肯。故事大概说有崔相国夫人崔女莺莺。寄寓普救寺，适洛阳秀才张生来游，惊其艳，乃寓于寺的西厢。佳人才子，一见生情，又有莺莺的婢红娘，为通殷勤。不料有贼将要劫莺莺为压寨夫人，发兵围寺，老夫人情急，便说谁能退敌，把莺莺嫁他，张生发书讨了救兵，围解，老夫人却食了前言。张生相思成疾，全靠红娘，使他和莺莺欢会一次。后老夫人拷打红娘，事情泄露，但木已成舟，老夫人只好许婚，命张生和莺莺小别，入京应试。全剧终结于此。关汉卿曾为之续，写张生中式，与莺莺成婚团圆；又按《会真记》，则张生始乱终弃，莺莺旋嫁郑恒。但这些我们不必管它，王实甫写到张生和莺莺相别，草桥惊梦，确是恰到好处呢。这里录两人相别一段：

【夫人长老上云】今日送张生赴京，十里长亭，安排下筵席；我和长老先行，不见张生小姐来到。【旦，末，红同上】

【旦云】今日送张生上朝取应，早是离人伤感，况值那暮秋天气，好烦恼人也呵！悲欢聚散一杯酒，南北东西万里程。【正宫】【端正好】碧云天，黄花地；西风紧，北雁南飞。晓来谁染霜林醉，总是离人泪。【滚绣球】恨相见得迟，怨归去得疾。柳丝长，玉骢难系。恨不倩疏林挂住斜晖。马儿迍迍的行，车儿快快的随。却告了相思回避，破题儿又早别离。听得一声去也，松了金钏；遥望见十里长亭，减了玉肌。此恨谁知！

【红云】姐姐今日怎么不打扮？

【旦云】你那知我的心里呵！【叨叨令】见安排著车儿，马儿，不由人熬熬煎煎的气。有甚么心情花儿、靥儿，打扮的娇娇滴滴的媚！准备著被儿，枕儿，则索昏昏沉沉的睡。从今后衫儿、袖儿，都揾做重重叠叠的泪。兀的不闷杀人也么哥，兀的不闷杀人也么哥！久已后书儿、信儿，索与我凄凄惶惶的寄。【做到】【见夫人科】

【夫人云】张生和长老坐，小姐这壁坐。红娘将酒来！张生，你向前来，是自家亲眷，不要回避。俺今日将莺莺与你，到京师休辱末了俺孩儿，挣揣一个状元回来者！

【末云】小生托夫人馀荫，凭著胸中之才，视官如拾芥耳。

【洁云】夫人主见不差，张生不是落后的人。【把酒了坐】

【旦长吁科】【脱布衫】下西风，黄叶纷飞；染寒烟，衰草萋迷。酒席上，斜签著坐的。蹙愁眉，死临侵地。【小梁州】我见他，阁泪汪汪不敢垂，恐怕人知。猛然见了把头低；长吁气，推整素罗衣。【幺篇】虽然久后成佳配，奈这时间怎不悲啼！意似痴，心如醉，昨宵今日，清减了小腰围。

马致远，号东篱，大都人。他的杂剧原有十四种，今存六种。著名的是《汉宫秋》《青衫泪》等。他的曲，朱权称如"朝阳鸣凤"，其实以典雅雄浑胜；他原是属于豪放一派，跟清丽的关、王大异其趣。《汉宫秋》正名《破幽梦孤雁汉宫秋》，写汉元帝派毛延寿采访美人，绘图进献。王昭君不肯贿赂毛延寿，便被绘成丑陋，闭居而不得幸。后元帝发现昭君美貌，大加宠幸，封为明妃。延寿恐见罪，奔入匈奴，匈奴来求和亲，元帝只好忍痛割爱，把昭君和番。这里录元帝送昭君远去一段：

【尚书云】陛下不必苦死留他，着他去了罢！

【驾唱】【七弟兄】说甚么大王，不当恋王嫱！兀良，怎禁他临去也回头望。那堪这散风雪旌节影悠扬，动关山鼓角声悲壮！【梅花酒】呀！对着这回野凄凉，草色已添黄，兔起早迎霜，犬褪得毛苍，人搠起缨枪，马负着行装，车运着糇粮，打猎起围场。他，他，他，伤心辞汉主，我，我，我，携手上河梁。他部从，入穷荒；我銮舆，返咸阳。返咸阳，过宫墙；过宫墙，绕回廊；绕回廊，近椒房；近椒房，月昏黄；月昏黄，夜生

凉；夜生凉，泣寒螀；泣寒螀，绿纱窗；绿纱窗，不思
量。【收江南】呀！不思量便是铁心肠！铁心肠也愁泪
滴千行！美人图今夜挂昭阳，我那里供养，便是我高烧
银烛照红妆。

白朴，字仁甫，真定人，能诗文。他所作杂剧，凡十六种，
今只存《梧桐雨》和《墙头马上》两种。他的曲，朱权称如"鹏
搏九霄"，大致以高华胜。如他的《梧桐雨》正名《唐明皇秋夜
梧桐雨》，依据《长恨歌》和《传》写唐玄宗与杨玉环的故事，
到马嵬坡埋玉，玄宗伤感无已，不以天上人间渺茫的团圆作结
束，可见他风格之高了。元曲中的悲剧，恰到好处，以此为第
一。关于曲文，因后有洪昇《长生殿》，这里不具引了。

再说后期作家。郑光祖，字德辉，平阳人。他所作杂剧，凡
十九种，今存四种。代表作为《王粲登楼》和《倩女离魂》。
《王粲登楼》是写三国文士王粲遭逢离乱，登楼作赋的故事。
《倩女离魂》根据陈元佑的《离魂记》故事而改作。他的曲，朱
权称如"九天珠玉"，大致以秀丽胜，然而较之初期作家，已微
嫌逊色了。

乔吉，一名吉甫，字梦符，太原人。他所作杂剧有十一种，
今存《玉箫女》《扬州梦》《金钱记》三种。《扬州梦》正名
《杜牧之诗酒扬州梦》，写诗人杜牧的恋爱。他的曲，朱权评如
"神鳌鼓浪"，辞藻颇新隽。

杂剧到后期，渐成强弩之末，盖南北统一既久，北曲渐衰，
而南曲始起。称为传奇的南曲，起于元末，以《琵琶记》为代
表。《琵琶记》作者高明，字则诚，瑞安人。元至正进士。《琵
琶记》不像杂剧的限以四出，它全剧共有四十二出，述蔡邕（伯

喈）的故事。这段故事，在宋时已经流传于民间，其实考诸历史，蔡邕生平并无弃妻的事，可见是荒诞不经的传说。高明就根据这无稽的传说，而成此绝妙千古的名曲，或说他另有所刺，谴责其友王四，恐怕是附会的。故事是这样的：蔡伯喈别妻赵五娘，入京应试，大捷，相国牛太师爱其年少英才，强嫁以女，蔡遂赘于牛太师家。但是他的故乡，频遭饥荒，五娘善事翁姑，进翁姑以淡饭，自己食糠。翁姑初疑五娘独享美食，窥见其状，惊愧交并，姑旋死，翁也卧病。当时蔡在牛府，极人间之乐，虽思及家乡，寄书不通，无可奈何。五娘在困苦中，翁也病故，乃决上京寻夫。她在途中化装道姑，弹琵琶乞食，渐近京城。时蔡已把自己家乡的底细，告诉牛氏，牛氏十分贤淑，派人去迎蔡的父母来京。蔡某天适游弥陀寺，和五娘瞥见，五娘乃到牛府抄化，和牛氏相遇，吐露一切。于是蔡夫妇重圆。天子降诏，蔡拜为中郎将，五娘牛氏，各封夫人，以团圆终场。虽落窠臼，而写法十分紧张，尤其是写贫贱的对照，愈露蔡的薄情。这里录最精彩的《吃糠》一段：

【旦上】【商调过曲】【山坡羊】乱荒荒不丰稔的年岁！远迢迢不回来的夫婿！急煎煎不耐烦的二亲！软怯怯不济事的孤身！己衣尽典，寸丝不挂体。几番拼死了奴身己；争奈没主，公婆谁看取？思之，虚飘飘命怎期？难捱，实丕丕灾共危！【白】奴家早上安排些饭与公婆吃，岂不欲买些鲑菜，争奈无钱去买。谁思婆婆抵死埋怨，只道奴家背地自吃了什么东西。唉！不知奴家吃的是米膜糠秕；又不敢教他知道。便使他埋怨杀了我，也不敢分说。真个好苦也！【前腔】酸溜溜难穷尽的珠泪！乱纷纷难宽解的愁结！骨崖崖难扶持的病身！战兢兢难捱过的时和岁！这糠，我待不吃他呵，教奴怎忍饥？待吃他呵，教奴怎生吃？思想起来，不若奴先死，图得不知他亲死时！思之，虚飘飘命怎期？难捱，实丕丕灾共危！

【旦吃糠，呕吐介】【双调过曲】【孝顺儿】呕得我肝肠痛，珠泪垂，喉咙尚兀自牢嗄住。糠呵！你遭砻，被舂杵，筛你，簸扬你，吃尽控持；好似奴家身狼狈，千辛万苦皆经历。苦人吃着苦味，两苦相逢，可知道欲吞不去！【前腔】糠和米，本是相依倚，却遭簸扬作两处飞，一贱与一贵；好似奴家与夫婿，终无见期。丈夫你便是米呵，米在他乡没寻处。奴家便是糠呵，怎的把糠来救得人饥馁？好似儿夫出去，怎的教奴供养得公婆甘旨？【前腔】思量我生无益，便死不值甚的，倒不如忍饥死了为怨鬼！只是公婆老年纪，靠奴家共依倚，只得苟活片时。片时苟活虽容易，到底日久也难相聚！漫把糠来相比！这糠尚有人吃，奴的骨头知他埋在何处！

【外、净上】【净】媳妇，你在这里吃什么？

【旦】奴家不曾吃什么。

【净搜看介】这是什么东西？

【旦】呀，婆婆，这东西你吃不得！【前腔】这是谷中膜，米外皮。【外：这是糠，你要他做甚么？】【旦】将来粿籭堪疗饥。【净：咦！这糠只好喂猪狗，如何自吃？】【旦】常闻古贤书，狗彘食人食。那糠虽不中吃，也强如草根树皮！【外，净：这样苦涩的东西，怕不噎坏了你？】【旦】啮雪吞毡，苏卿犹健；餐松食柏，倒做得神仙侣。这糠呵，纵然吃些何虑！【净：媳妇，我只不信这糠秕你如何便吃得下？】【旦】唉，爹妈休疑，奴须是你孩儿的糟糠妻室！

【外，净哭介】媳妇，你原来背地里如此受苦，我却错埋怨了你，兀的不痛杀我也！【外，净同哭倒介】

戏曲文学的杂剧，在元朝可称黄金时代。元亡而杂剧衰。但传奇萌芽而元末，取而代之，到明清两代，南曲便蔚为正宗了，这是后话。

三　白话小说的兴盛

元以蒙古族入主中国，对于中国古典文学，实在不能够欣赏，于是通俗文学蔚起。同时，通俗文学既不是文士贵族专利的玩具，自然成为娱乐一般民众的东西。如戏曲的勃兴，即其一例。在另一方面，宋时已经有白话的平话小说产生，说话人讲述历史（如《五代史平话》）与社会新闻（如《京本通俗小说》所录）以娱听众，到元朝当然更发达。想来当时民众的娱乐，眼福耳福，必定不浅；有戏曲的演唱，又可在书场听讲故事。元朝说书的，大概和宋一样，仍以历史故事为主要题材，因为可长期的吸引听众。"欲知后事如何，且听下回分解。"章回小说的形式，由此成立，比宋的平话更进步了。元代小说，至今负盛名者，有《水浒传》和《三国志演义》。这两书配以明代两大杰作，《西游记》和《金瓶梅》，称为"四大奇书"。其他小说，大概是平话的底本，有的残缺不全，有的无甚价值，不再举引，这里只述《水浒传》和《三国志演义》两书。

《水浒传》作者传说不一；比较可信的，是根据明胡应麟《庄岳委谈》，说是施耐庵所作。据说施耐庵为元末进士，因不得意，曾在江阴为塾师，尝入市肆绸阅旧书，于敝楮中，得宋张叔夜擒贼招语一通，备悉其一百八人所由起，因润饰成此篇。又说施耐庵写《水浒传》时，画三十六人像挂在墙上，而日眺望之，所以笔下的人物，跃跃如生。但是我们觉得这些话可信与否，并不重要；是否为施耐庵所作，如果考据不出来，也不妨任之。因为在《水浒》之前，宋江诸好汉的故事，已经为说书人津津乐道，他们的底本，在《大宋宣和遗事》之外，如高如、李嵩辈，也有写作，不过失传罢了。梁山泊故事，从南宋初到元初，在说书人那里口口相传，陆续有所修正润饰，自然描写越趋完美。若今本的《水浒》，确系施某作，他也不过根据《大宋宣和遗事》以来说书人的底本，润饰编纂而成书，决不能独自冒创作的功绩的。今传《水浒》，有数种刊本，一种七十回，一种百二十回；七十回本叙到"梁山泊英雄惊恶梦"为止，为最流行之本，一百二十回本叙宋江等被招安，伐契丹，征方腊，则未免多事，和后出的《荡寇志》一样无聊了。所以我宁愿承认七十回为定本。

《水浒传》的人物描写，可以说卓越已极，一百〇八个好汉的面目，各各不同。尤其是其中三十六天罡，言行和个性，跃然纸上。深心的宋江，多智而邪气的吴用，勇敢而义侠的武松，阅者都不能去怀的。就是写两个莽夫鲁智深与李逵，也莽得不同，而快人快语，却一样的可爱。至于《水浒传》的文笔，也是壮迈绝伦，豪气直透纸背，可使读者浮一大白。怪不得清金圣叹把他配《庄》《骚》《马史》，称为天下第五才子书。这里录《鲁提辖拳打郑镇西》[①]一段：

> 且说郑屠开着两间门面，两副肉案，悬挂着三五斤猪肉。郑屠正在门前柜身内坐定，看那十来个刀手卖肉。鲁达走到门前，叫声"郑屠！"郑屠看时，见是鲁提辖，慌忙出柜身来唱喏道："提辖恕罪！"便叫副手掇条凳子来，"提辖请坐！"鲁达坐下道："奉着经略相公钧旨，要十斤精肉，切作臊子，不要见半点肥的在上面。"郑屠道："使得。你们快选好的切十斤去。"鲁提辖道："不要那等腌臜厮们动手，你自与我切。"郑屠道："说得是，小人自切便了。"自去肉案上拣了十斤精肉，细仔切做臊子。那店小二把手帕包了头，正来郑屠家，报说金老之事。却见鲁提辖坐在肉案门边，不敢拢来，只得远远的站住，在房檐下望。这郑屠整整的自切了半个时辰，用荷叶包了道："提辖，叫人送去？"鲁达道："送甚么？且住！再要十斤，都是肥的，不要见些精的在上面，也要切做臊子。"郑屠道："却才精的，怕府里要裹馄饨；肥的臊子何用？"鲁达睁着眼道："相公钧旨分付洒家，谁敢问他！"郑屠道："是合用的东西，小人切便了。"又选了十斤实膘的肥肉，细细的切做臊子，把荷叶来包了。整弄了一早辰，却得饭罢时候。那店小二那里敢过来，连那正要

---

① 原书如此。今一般作《鲁提辖拳打镇关西》。

买肉的主顾，也不敢拢来。郑屠道："着人与提辖拿了，送将府里去。"鲁达道："再要十斤寸金软骨，也要细细地剁做臊子，不要见些肉在上面。"郑屠笑道："却不是特地来消遣我！"鲁达听得，跳起身来，拿着那两包臊子在手，睁眼看着郑屠道："洒家特地要消遣你！"把两包臊子，劈面打将去，却似下一阵的肉雨。

《三国志演义》，正名《三国志通俗演义》，虽然作者罗贯中，比《水浒》作者施耐庵可信的成分略多，但它产生的过程，多半和《水浒》一样的。原来三国时代，各相攻伐，纵横捭阖，是说书人绝妙的材料。在宋朝，讲史的已经有说三国故事给人听的，称作"说三分"。在元至治本（至治为元英宗年号）《全相平话五种》里，也有《三国志平话》；也许晚出的《三国志演义》，以此为蓝本的。总之，《三国志演义》也是根据说书的底本而写述的，并采陈寿《三国志》和裴松之《补注》，加以润饰改作呢。

罗贯中的生平，也不可考，有人说他是施耐庵的弟子，也是附会的。他实在是一个小说家。据说他的作品，除了《三国》以外，有《汉晋隋唐以来演义》《平妖传》两小说和《风云会》杂剧。可惜后两部小说多为后人所篡改，实无甚价值与影响，只好从略；但《三国》一书，罗氏已足垂名有余了。全书计一百二十回，起于汉灵帝中平而到晋武帝太康，首尾共述约百年的史迹。今传最通行的本子，是清康熙时毛宗岗的评定本，毛氏对罗的原作，虽略有增删，然大体是仍其旧形的。

《三国志演义》的写法，大体说来，不及《水浒传》。第一，它的文辞，虽然比宋的话本要简洁得多，但因为太简洁，成功①半文半白的样子，缺少生动的神态。第二，它根据正史，略采民间传说，结果因为处处要顾虑到历史上的事实，不能够任情发挥，实在不好说典型的历史小说。第三，它描写人物，并不成功，长厚的刘备简直成伪君子，忠贞的诸葛亮变作策士妖道，而曹操却天真得可爱，这跟作者的原意是背道而驰了。如果要举出《三国》中令读者影像最深的人物，倒还不如关公、周瑜一流吧。从明清以来，对于《三国》也有不满意的论调，但它在中国社会上的势力，并不减于《水浒》呢。这里录关公斩华雄一段：

> （袁绍）便聚众诸侯商议，众人都到，只有公孙瓒后至，绍请入帐中。绍曰："前日鲍将军之弟，不遵调遣，擅自进兵，杀身伤命，折了许多军士。今者孙文台竟败于华雄之手，挫动锐气，为之奈何？"诸侯并皆不语。绍举目遍视，见公孙瓒背后立着三人，容貌异常，都在那里冷笑。绍问曰："公孙太守背后何人？"瓒呼玄德出曰："此吾自幼同舍兄弟，平原令刘备是也。"曹操曰："莫非破黄巾刘玄德乎？"瓒曰："然。"即令刘玄德拜见。瓒将玄德功劳，并其出身，细说一遍。绍曰："既是汉室宗派，取座来命坐。"玄德逊谢。绍曰："吾非敬汝名爵，吾敬汝是帝室之胄耳！"玄德乃坐于末位，关张叉手侍立于后。忽探子来报："华雄引铁骑下关，用长竿挑着孙太守赤帻，来寨前大骂搦战。"绍曰："谁敢去战？"袁术背后转出骁将俞涉曰："小将愿往。"绍喜，便令俞涉出马，即时投来。

---

① 原文如此。今一般写作"成为"。

俞涉与华雄战不三合，被华雄斩了。众大惊。太守韩馥曰："吾有上将潘凤，可斩华雄。"绍急令出战。潘凤手提大斧上马，去不多时，飞马来报，潘凤又被华雄斩了。众皆失色。绍曰："可惜我上将颜良文丑未至，得一人在此，何惧华雄！"言未毕，阶下一人大呼出曰："小将愿往，斩华雄头献于帐下。"众视之，见其人身长九尺，髯长二尺。丹凤眼，卧蚕眉，面如重枣，声如巨钟，立于帐前。绍问何人。公孙瓒曰："此刘玄德之弟关羽也。"绍问现居何职。瓒曰："跟随刘玄德充马弓手。"帐中袁术大喝曰："汝欺吾众诸侯无大将耶？量一弓手，安敢乱言，与我打出！"曹操急止之曰："公路息怒。此人既出大言，必有勇略；试叫出马，如其不胜，责之未迟。"袁绍曰："使一弓手出战，必被华雄所笑。"操曰："此人仪表不俗，华雄安知他是弓手。"关公曰："如不胜，请斩某头。"曹操叫斟热酒一杯，与关公饮了上马。关公曰："酒且斟下，某去便来。"出帐提刀，飞身上马。众诸侯听得关前杀声大举，如天摧地塌，岳撼山崩。众皆大震。正欲探听，鸾铃响处，马到中军，云长提华雄之头，掷于地上。其酒尚温。——后人有诗赞之曰：威镇乾坤第一功，辕门画鼓响咚咚。云长停盏施英勇，酒尚温时斩华雄。——曹操大喜。只见玄德背后转出张飞，高声大叫曰："我哥斩了华雄，不就此时杀入关去，捉住董卓，更待何时！"袁术大怒，喝曰："我大臣尚且谦让，量一县令手下小卒，安敢在此耀武扬威！都与我赶出帐去！"曹操曰："得功者赏，何计贵贱乎？"袁术曰："既然公等只重一县令，我当告退。"操曰："岂可因一言而误大事。"命公孙瓒且带玄德关张回寨，众官皆散。曹操暗使人赍牛酒，抚慰三人。

四　诗词文总述

金元两代，通俗文学兴盛，如元曲更为一代菁华，则诗词文自然大见逊色。这些古典的文学，当时作者本来已经不多，所有作品，一仍窠臼，绝无特点。这里不过略加叙述罢了。

辽虽承袭中国文化，但根基未深，又不准文集流入中国，所以辽的文学，今已不可窥见。金承辽的基础，一意汉化，文风渐盛。当时除散曲勃兴外，诗词文也有作者。金源一代文人，有元好问、王庭筠、赵秉文、王若虚等。其中元好问一人，就可代表金汉化之深了。元好问（1190—1257），字裕之，号遗山，太原人。曾仕于金章宗时，金亡后不仕，隐居家园。他是金代最著名的作家，诗文极有名，而且比同时南宋的作家要优胜。他的诗很有唐人风味，所作文章，颇有古文遗意。试举他的文一篇：

射　说

晋侯觞客于柳溪，命其子婿驰射。婿，佳少年也，跨蹑柳行中，胜气轩然，见于颜间。万首齐观，若果能命中而又搏取之者。已而乐作，一射而矢堕，再而贯马耳之左，马负痛而轶，人与弓矢俱坠。左右奔救，虽支体不废，而内若有损焉。晋侯不乐，谢客。客有自下座进者曰："射，技也，而有道焉：不得于心而至焉者，无有也。何谓得之于心？马也，弓矢也，身也，的也，四者相为一的，虽虱之微，将若车轮也，求为不中，不可得也。不得于心则不然：身一，马一，弓矢一，而的又为一。身不暇骑，骑不暇彀，彀不暇的，用是求中于奔驶之下，其不碎首折支也幸矣。何中之望哉？走非有得于射也，顾尝学焉；敢请外厩之下驷，以卒贤主人之欢，何如？"晋侯不许，顾谓所私曰："一马百金，一放足千里，御策在汝手，吾安所追汝矣？"竟罢酒。

元子闻之曰："天下事可见矣。为之者无所知，知之者无以为；一以之败，一以之废，是可叹也！"

元朝诗文的作者，有所谓四大家，那是虞集、杨载、范梈、揭傒斯。他们写诗，也写古文。虞集一人，可算元代诗文的领袖。还有宋的宗室赵子昂，隐居吴兴，诗、画、书法三者俱精绝，称元代第一艺人。元代散曲兴，而诗词不振，比较可诵的诗人，只有萨都剌。萨，雁门人，字天锡，工于诗词，有《雁门集》。他的词有宋人的自然，比南宋专务雕斫的，可称特出。试举《满江红》（《金陵怀古》）一首：

六代豪华，春去也，更无消息。空怅望，山川形胜，已非畴昔。王谢堂前双燕子，乌衣巷口曾相识。听夜深寂寞，打孤城，春潮急。　　思往事，愁如织；怀故国，空陈迹。但芳烟衰草，乱鸦斜日。玉树歌残秋露冷，胭脂井坏寒螀泣。到如今只有蒋山青，秦淮碧。

萨都剌以外，尚有张翥，也擅词，喜作长词。因为无甚特色，这里不加引录了。

在元末明初，有一个大诗人，那是杨铁崖。铁崖名维桢，字廉夫，铁崖其号，山阴人。他的诗当时极负盛名，最擅长乐府诗，颇有古乐府规范。试举他的乐府诗《贫妇谣》：

西家妇，贫失身；东家妇，贫无亲。红颜一代难再得，皦皦南国称佳人。夫君求婚多礼度，三日婚成戍边去。龙蟠有髻不复梳，宝瑟无声为谁御？朝来采桑南陌周，道旁过客黄金求。黄金可弃不可售，望夫自上西山头。夫君生死未知所，门有官家赋租苦。姑嫜继没骨肉孤，夜夜青灯泣寒杼。西家妇作倾城姝，黄金步摇绣罗襦。东家妇贫徒自苦，明珠不传青州奴。为君贫操弹修竹，不惜红颜在空谷。君不见人间宠辱多反复，阿娇老贮黄金屋！

第七章　明的文学

一　章回小说和短篇平话

明朝的文学，大体说来，失之于模仿和浮夸，因此诗、词、文都无甚出色。但是拿这种手段做小说与戏曲，却是大成功呢。所以说到明的文学，最应该注意的，是小说和戏曲。白话小说起于宋，兴盛于元，到明朝更骎骎日上，在文学中开始占据重要的地位；承讲史、演义一派者，有章回小说；承通俗小说一派者，有短篇平话。就戏曲而言：散曲可和元朝并驾齐驱，名篇妙句，夺诗词地位而代之；传奇则承继杂剧而大兴，雅俗共赏，流风迄今未已。我们谈到明的文学，不得不着重此二者，和汉辞赋、六朝骈俪文，唐诗、宋词、元曲一样。这一节先述小说。

在宋元时代，白话小说，原是说书人的底稿，口口流传，互相润饰增删，故作者大多不详。如名著《水浒传》，也是如此的。到明朝时，文人始创作小说，虽然还模仿说书人的体裁，却有纯粹的创作出现了。文人学士所以写小说的目的，原不以它为文学的一部门，也不想藏诸名山，传诸后世，只是借小说发泄胸中的牢骚，或抒吐自己的理想，或简直是遣兴之作，以供茶余酒后阅读消遣。这些小说，在一般的民众中间，非常流行，到现在爱读者还不少，如《西游记》《金瓶梅》《封神传》《今古奇观》《英烈传》《好逑传》《玉娇梨》《平山冷燕》《东周列国志》《三宝太监下西洋记演义》等。其中大多是长篇的章回小说；如《今古奇观》那样，则是短篇小说集。先说长篇小说吧。

明朝的长篇章回小说，写得最好的，推《西游记》《金瓶梅》两书。《西游记》从前误传为邱真人作。邱真人名处机，是山东的道士，曾跟随元太祖西征；又有邱真人的弟子李志常，做过《长春真人西游记》，这当然是别本了。今据考据所得，通行本《西游记》，是明吴承恩所作。吴承恩，字汝忠，号射阳山人，嘉靖中曾做长兴县丞。

《西游记》所叙述的，是唐僧玄奘往西取经，沿途得孙行者、猪八戒、沙和尚三徒，师徒所经历的种种神话，并遭受的九九八十一磨难。本来，唐僧玄奘，他策杖孤征，入天竺取经而归，可算得中国伟大的宗教家兼旅行家，他的事迹不单是空前的壮举，而且还是中国文化史上一件最重要的事迹，因此有许多异闻神话，自然附会上去。在宋朝，说书的话本中，已经有《大唐三藏取经诗话》，演述这故事；晚出者又有四十一回本的《西游记传》，题为齐云、杨志和编。不过杨氏的书，分量不到吴氏的十之一。吴承恩在写作的时候，大概以《诗话》和杨《传》为蓝本，也许再参考他书，凭他伟大的想像力，加以虚托，于是遂成一本光怪陆离的奇书，在写神魔的小说中，号称第一了。

《西游记》的文学价值：第一在于作者想像力的丰富，真所谓上天入地，无穷无尽，一切神魔妖怪，一切幻境虚景，都写得十分逼真，出人意想之外的。第二在于写唐三藏、孙行者、猪八戒、沙和尚等，各有他们的个性，尤其是像调皮而义勇的孙行者，老实而笨拙的猪八戒，读后闭目如见其人。第三，《西游记》看来虽是游戏笔墨，却有很深的寓意，有几处竟是佛理，看过它的热闹场合之后，仔细吟味，颇有谏果回甘之感呢。

今本《西游记》，共一百回，首尾俱全，这里引录第二十七回一段：

> 只见那行者自南山顶上，摘了几个桃子，托着钵盂，一筋斗，点将回来；睁火眼金睛观看，认得那女子是个妖精，放下钵盂，掣铁棒当头就打。唬得个长老用手扯住道："悟空，你走将来打谁？"行者道："师父，你面前这个女子，莫当做个好人；他是个妖精，要来骗你呢。"三藏道："你这个猴头，当时倒也有些眼力，今日如何乱道？这女菩萨有此善心，将这饭要斋我等，你怎么说他是妖精？"行者笑道："师父，你那里认得！老孙在水帘洞内做妖魔时，若想人肉吃，便是这等：或变金银，或变庄台，或变醉人，或变女色。有那等痴心的，爱上我，我就迷他到洞内，尽意随心，或蒸或煮受用；吃不了，还要晒干了防天阴哩！师父，我若来迟，你定入他套子，遭此毒手。"那唐僧那里肯信，只说是个好人。行者道："师父，我知道你了。你见他那等容貌，必然动了凡心。若果有此意，叫八戒伐几棵树来，沙僧寻些草来，我做木匠，就在这里搭个窝铺，你与他圆房成事，我们大家散火，却不是件事业？何必又跋涉，取甚经去？"那长老原是个软善的人，那里吃得他这句言语，羞得光头彻耳通红。三藏正在此羞惭，

行者又发起性来，掣铁棒望妖精劈头一下。那怪物有些手段，使个解尸法，见行者棍子来时，他却抖擞精神，预先走了，把一个假尸首打死在地下。唬得个长老战战兢兢，口中作念道："这猴着实无礼！屡劝不从，无故伤人性命。"行者道："师父莫怪，你且来看看这罐子内是甚么东西。"沙僧搀着长老，近前看时，那里是甚香米饭，却是一罐子拖尾巴的长蛆；也不是面筋，却是几个青蛙癞虾蟆，满地乱跳。长老却有三分儿信了，怎禁猪八戒气不忿，在旁漏八分儿唆嘴道："师父，说起这个女子，他是此间农妇，因为送饭下田，路遇我等，却怎么栽他是个妖精？哥哥的棍重，走将来，试手打他一下，不期就打杀了，怕你念什么《紧箍儿咒》，故意的使个障眼法儿，变做这等样东西，演幌你眼，使不念咒哩。"

《金瓶梅》的作者不详，据明沈德符说，是嘉靖间大名士手笔，为指斥时事而作。因此相传此书为明文学家王世贞所著的，用以讥刺严世蕃；世蕃为权臣严嵩的子，号东楼，即以西门庆，作隐射。王世贞写此，其目的在报父仇。据说世贞父王忬有古画，严嵩索之，忬易以摹本，名士唐顺之辨其伪，嵩怒，陷忬于死罪。王世贞痛心父亲被害，知道唐顺之喜读淫书，乃作《金瓶梅》，以毒药濡墨印刷，送给顺之。顺之读得出神，一直以指润口津揭书，因此中毒而死。又说中毒而死的，与唐顺之无关，却是严世蕃。但是这些传说，究竟没有证据；而书中北方土话甚多，王世贞是南方太仓人，恐怕也未必能写。则《金瓶梅》的作者，到如今还是疑问。也许它的确是大名士的手笔，因为性欲描写，过于露骨，有玷清名，所以匿名不传呢。

今本《金瓶梅》凡一百回，它以《水浒传》中武松杀嫂潘金莲的一段，扩大而成书。书名的来源，由于书中三女主角潘金莲、李瓶儿、春梅而来，男主角为清河"闻人"西门庆，书中即叙述西门庆一家的事，是一部写实小说。《金瓶梅》的特色：第一，它脱出中国小说满纸神怪、英雄、才子、佳人的俗套，而描写卑鄙的里井间日常生活，人情世故，跃然纸上，这是西门庆一家实生活的暴露。第二，中国小说，不善写妇女，即写，也全是才女佳人，好像一个模子里印出来的。《金瓶梅》写妇女，如泼辣的潘金莲，豪爽的李瓶儿，淫毒的春梅，老奸巨猾的王婆，都各有个性。第三，《金瓶梅》的文辞，多是土话俚语，这纯粹的白话，比《水浒》更出色。所可惜者，它的性欲描写，过于露骨，因此是古今有名的淫书，曾在禁书之列；就是如今我们看来，也未免嫌描摹过分呢。

一部著名的长篇小说，往往是有续编的。这些续编，并不是原著者意有未尽，才像"三部曲"一样的写下去，却是后来的人，看到原书恰到好处而结束，好像有所未足，妄自增补上去。于是本来原书悠悠无尽的余味，反而给破坏，大煞风景，莫甚于此。如《水浒》，则有《后水浒》《荡寇志》。又如明朝这两大小说，《西游记》与《金瓶梅》，也各有续编。《西游记》的续篇颇多，有《后西游记》《续西游记》，明末董说，又作《西游补》十六回。《金瓶梅》的续编有《续金瓶梅》《玉娇李》等。这些续编，虽偶然有佳作，然而大多数的是狗尾续貂，决不能跟原书并行，于是自生自灭，流传到现在的，也实在不易看到呢。

其他明代著名的小说，如《封神传》，又名《封神榜》，系南京许仲琳所作。述周武王伐纣事，完全出于神怪之笔。于是周殷之战，便成功①了神道与妖精的斗法，五花八门，煞是奇观，和历史事迹，相差几如霄壤。结果邪不胜正，周武终于代殷即天子位，姜太公乃大封战死将士为神，以安幽魂，故书名《封神传》。本书不过写得热闹些，其实论到幻想瑰奇，寓意深切，比不上《西游记》；论到以史实为依归，又不如《三国志演义》根据正史；论到人物描写，个性都不鲜明，又不及《水浒传》远甚。所以跟"四大小说"比较起来，《封神传》无疑是逊色的。但是本书的影响并不小：第一，以后许多神魔小说，都脱不出它的模型，或者竟是剿袭它的，于是自郐以下，更无深意了。第二，中国民间所传的神道，大半出于本书，如五岳大帝（黄飞虎等）、四大天王（魔礼青等）、哼哈两将之类都是，则本书又可作为中国神话与传说来读了。

此外还有三部历史小说：《英烈传》《东周列国志》《三宝太监下西洋记演义》。《英烈传》叙明太祖在元末起义，剿灭群雄，统一天下，于正史之外，旁采传闻，描写并无若何特色。《东周列国志》乃叙述先秦的春秋战国时代史实，起于宣王东迁，迄于秦始皇建立统一国家，把其间纷乱如麻的事迹，撮要抒写；它比《三国志演义》更根据历史，甚至跬步不敢移，《左传》《国语》《战国策》是它主要的蓝本，旁采诸子杂说，并掇引《诗经》，材料是相当的丰富，可惜文学价值却不大呢。《三宝太监下西洋记演义》的背景，是明成祖遣中官郑和，发大舶远航南洋，扬国威于海外，于是诸国慑服，并来朝贡。所谓三宝太

---

① 原文如此。今一般写作"成为"。

监（或作三保太监），就是郑和，他实在是中国历史上最伟大的航海家和殖民家。当时这些扬威海外奇闻异物的故事，必流传于民间，于是好事者乃编成演义，至于论到和实际事迹，却距离极远，只以点染而吸引读者的。

尚有三本关于佳人才子的小说，即《玉娇梨》《好逑传》《平山冷燕》，在我们现今看来，题材既是旧套，写法也未见特色，实在够不上一二流的文学作品。但是这三本小说，居然有德法文的译本，在西洋文学界中，颇为流行，真可以算得是一个奇迹了！

明朝著名的短篇平话集，则有《三言》《二拍》《石点头》《西湖二集》等。其中有的是编辑话本而成，像宋的《京本通俗小说》一样；有的纯粹是文人的创作。所谓《三言》，即《喻世明言》《警世通言》《醒世恒言》三种，都是选辑宋、元以来的短篇平话。选辑者为冯梦龙。冯，字犹龙，明末吴县人。他所选辑的《三言》，计《喻世明言》凡二十四卷，《警世通言》《醒世恒言》各四十卷，卷各一篇，首尾俱全，体裁和《京本通俗小说》一样。至于书名的由来，"明者取其可以导愚也，通者取其可以适俗也，恒者则习之而不厌，传之而可久。三刻殊名，其义一耳"。

所谓《二拍》，指《拍案惊奇》，因有《初刻》《二刻》二集，故总称《二拍》。著者为凌濛初。凌，字玄房，乌程人，生当冯梦龙同时。他曾说"子龙犹氏（即冯的别称）所辑《喻世》等书，颇存雅道，时著良规。复取古今来杂碎事，可新听睹佐谈谐者，演而畅之，得若干卷"。可见他是模仿《三言》而创作的。《拍案惊奇》《初刻》计三十六卷，《二刻》计四十卷，也是卷各一篇。所叙述的，自然以里巷琐事居多，间有露骨的性欲描写，大概是明文人的习气使然吧。

通行本的短篇平话集《今古奇观》，是一个选本，其中的作品除极少数者出于清人外，大多数是明人的。《今古奇观》选刊的根据，大概是冯梦龙的《三言》，有少数几篇出于《拍案惊奇》。所以大致说来，《今古奇观》是《三言》的菁华，而为明人短篇平话的代表呢。复有好事者在《拍案惊奇》中选刊二三十篇，成《续今古奇观》，因为选者眼界不高，较《今古奇观》大形逊色了。

二　杂剧传奇和散曲

曲的三部门，杂剧、传奇和散曲，到元末已灿然大备，在中国文学界中，与诗、词、文、小说并驾齐驱，占一地位。但是杂剧因为是北曲，到元末明初，渐形衰颓。南曲的传奇，起而代之，成为戏曲的正宗。明朝虽然有几个作家，承继元朝写作杂剧，然而合律者稀，无形中受了传奇化，不过是元曲的回光返照罢了。今略述一二，以为结束。

明初诸王，在承平之世，奉藩多暇，极留心文艺，妙解音律的不少。如朱权，对于元曲，有极深的研究，曾著《太和正音谱》，为研究元曲的专书。同时，他除了研究工作以外，还不断的努力写作，著作杂剧十二种，惜今已亡佚，不能窥见其作风。又如朱有燉，所有杂剧，凡三十一种，今传二十五种，在元明作家中，以他所传独多。不过朱有燉的杂剧虽多，而质并不高，因为他是贵族，只会写些娱乐作品，题材不外乎释道妓女之类，情节也不十分出色；除了很少的几本以外，都是俗极的，这也是环境使然呢。

明朝中叶，有一个著名的杂剧作家，那是奇人徐文长。徐渭（1521—1593），字文长，山阴人。他是一个才子，意气滂薄，然而一生极不得意，因此傲物玩世，托于佯狂，以坎坷终。他的趣事，迄今还流传于民间；负才没世，能如他的垂名不朽，也总算难得了。他的书、画、诗、文均极工，而杂剧更不愧明朝的大作手。他的杂剧，以《四声猿》最有名。《四声猿》实为四种杂剧《狂鼓吏》《玉禅师》《雌木兰》《女状元》的合称。《狂鼓吏》写《三国》中祢衡击鼓骂曹操一段，在死后阴间重行演出，痛快淋漓，可称借他人酒杯，浇自己块垒者。盖徐氏把曹操来比明权臣严嵩也。这里节录其中一段：

【判左曹右举酒坐，祢以常衣进前将鼓。】

【曹喝云】野生！你为鼓史，自有本等服色，怎么不穿，快换！

【校喝云】还不快换！

【祢脱旧衣裸体向曹立】

【校喝云】禽兽！丞相跟前可是你裸体赤身的所在？却不道驴膫子朝东，马膫子朝西。

【祢云】你那颗丞相膫子朝南，我的膫子朝北。

【校喝云】还不换上衣服，卖什么嘴！

【祢换锦巾绣服扁绦介】【点绛唇】俺本是避乱辞家，遨游许下。登楼罢，回首天涯，不道屈身躯扒出他们胯。【混江龙】他那里开筵下榻，教俺操槌按板把鼓来挝。正好俺借槌来打落，又合着鸣鼓攻他。俺这骂一句

句锋铓飞剑戟，俺这鼓一声声霹雳卷风沙。曹操！这皮
是你身儿上躯壳，这槌是你肘儿下肋巴，这钉孔儿是你
心窝里毛窍，这板杖儿是你嘴儿上獠牙。两头蒙总打得
你泼皮穿，一时间也辞不尽你亏心大。且从头数起，洗
耳听咱。【鼓一通】

元的北曲既衰，到明朝只余回光返照，于是传奇勃兴。传奇
虽然承继杂剧，却并非完全是杂剧的转变；因为在宋元之间，南
方已有所谓"戏文"者，为南曲的先声，明的传奇，也受它影响
的，所以后来传奇也称作戏文。而且当时演唱传奇的南曲，腔调
很不统一，故又叫"乱弹"，甚至一地有一地的腔调。如弋阳
腔，出于江西，两京、湖南、闽、广用之；余姚腔，出于会稽，
常、润、池、太、扬、徐用之；海盐腔，嘉、湖、温、台用之；
昆山腔只行于吴中。所谓昆山腔，是明正德中昆山魏良辅所首
创，他将北曲的弦索与南曲的箫管相协，产生出一种合奏的腔
调，优雅动听。作家梁辰鱼，首先把昆腔用来演唱他的名著《浣
纱记》，大获成功。从此昆腔大为文人所引用，于是自明中叶
后，传奇又可称为昆曲了。

明初的传奇，除前述《琵琶记》外，尚有称作"荆、刘、
拜、杀"四大传奇。《荆》为《荆钗记》，题为丹邱子作，这位
丹邱子，据说就是明宁献王朱权，即《太和正音谱》的作者。
《刘》为《刘知远》，又名《白兔记》，作者名已佚。《拜》为
《拜月亭》，又名《幽闺记》，相传元施惠（君美）作；但《录
鬼簿》上，并未提及施作此剧，也许是明初的人伪托的。《杀》
为《杀狗记》，是明初徐畛作。这四大传奇，如今看来，并没有
特殊动人的地方；比较可追随《琵琶记》的，只有《拜月亭》，

因此前人往往两书并称。因《琵琶记》词藻华丽，带着雕饰气氛，所以称"文辞派"；《拜月亭》纯用口语写出，明白如话，所以称"本色派"。

《拜月亭》的故事，仍不脱才子佳人悲欢离合一套，以蒋世隆和王瑞兰一对青年男女为主角，且以蒋妹瑞莲和兴福为陪衬，几经风波，遂得双团圆。这故事流传已久，关汉卿曾写过《拜月亭》杂剧，计四折；而此则是四十出的传奇，体裁和作风互异，也可以说青出于蓝了。

明中叶的作者，以王九思、梁辰鱼最负盛名。王九思所作的《杜子美沽酒游春》，是传奇化的杂剧，原以讥刺当时的执政者李东阳，和康海的《东郭先生误救中山狼》（或谓马中锡作）杂剧一样，后者是刺李梦阳的。梁辰鱼，字伯龙，昆山人，他风流自赏，最精音律，后来甚至于为曲坛上的领袖。魏良辅创昆腔，他就用来演唱他的名著《浣纱记》，由是昆曲大盛。《浣纱记》的女主角就是人人皆知的西施，西施浣纱若耶溪畔，为越大夫范蠡访得，两人订了婚约。继写吴越事迹，越王句践①受吴屈辱，存心报复，便将西施送到吴国；最后以范蠡携西施飘然而去作结束。这本传奇题材虽好，结构却极松懈。不过自"文辞派"《琵琶记》以来，南曲中有了"骈俪派"，文句绮丽，说话多用骈语，和"本色派"相对。《浣纱记》就是骈俪派中的名著。如其中的说白"蓬茅陋质，田野村姑，蒙君子不道葑菲之微，实得荷丝梦之记，虽迟年月，岂敢变移？"简直在作四六文了。不过它是昆曲的第一本戏，在文学史上是值得纪念的。骈俪派的传奇作

---

① 原文如此。今一般写作"勾践"。

家，梁辰鱼以下，有张凤翼、屠隆、梅鼎祚等。

比梁辰鱼略后的，有吴江人沈璟（伯英）。他对于传奇中的音律，讲究得极精，重音乐胜于文词。他曾说"宜协律而词不工，读之不成句，而讴之始叶，是曲中之工巧"。而沈璟自己所作的传奇，也是宜协律而词不工的。他的作品有十七种，今传仅四种，著名的有《义侠记》，述武松和潘金莲的故事，取材于《水浒传》。沈璟一派的传奇作家称"吴江派"，都是极擅音律的文士。吴江派名家，尚有王骥德，著《曲律》，详论曲法，兼评诸人戏曲，分析精微，眼光远大，可称曲学之祖。

这时候大作家汤显祖出，明朝的传奇，便达到了最高峰。汤显祖的传奇，光彩精艳，可以说是空前的。汤显祖（1550—1617），字义仍，号若士，临川人。他酷嗜元人杂剧，自己所作，也都是融会得来的。他所作传奇，称《玉茗堂四梦》，即四种传奇合称。这四种是《紫钗记》《还魂记》《南柯记》《邯郸记》合称，里面所叙述的，无一不关于梦的。《四梦》中最著名的，是《还魂记》，又名《牡丹亭》。其他三传奇，都是依据唐人小说而编成戏曲的。《紫钗记》以《霍小玉传》为蓝本，述李益和霍小玉的恋爱，以团圆终，视原传殊觉减色。《南柯记》以《南柯太守传》为蓝本，《邯郸记》以《枕中记》为蓝本，均以梦境写人的一生。《牡丹亭》另详于下。汤显祖的戏曲——尤其是《牡丹亭》，当时极流行，所谓家传户诵，《西厢》为之减价。他是属于"本色派"，文章并不雕饰骈俪，而词句妖冶动人，令读者齿颊生香，虽然吴江派讥其有背格律，究不足为病呢。

且述他的《牡丹亭》，其故事完全是虚构的。有女子杜丽娘，在后园赏牡丹，回到房中，神思恍惚，顿起怀春之念，在梦中与一执柳枝的少年欢会。醒后心中悒郁，想念不已，终于伤心而死。丽娘所梦的少年，名柳梦梅，也曾在梦中见她，便以为姻缘有分，到处寻求这不知名的美人。一夜梦梅宿梅花庵中，丽娘魂来共枕席，两人绸缪，竟忘死生异途。以后便是梦梅掘墓，丽娘再生，梦梅中状元，两人白头偕老。这故事虽然十分荒唐，然而写情之所钟，生死不渝，令读者不觉其不经。尤其是写少女的怀春，把她悒郁的情怀大胆宣泄出来，更为古今名著；怪不得此作风行，逗引了不少幽闺少女的眼泪。而且故事虽然是"才子佳人、私订终身"的旧套，却以梦作姻缘，再加上还魂复生，便觉斐然生色了。下面摘录最著名的《游园·惊梦》一段，这是描写少女怀春的；括弧内的是说白，余是唱词：

　　【贴】（早茶时了，请行。）【行介】（你看画廊金粉半零星，池馆苍苔一片青。踏草怕泥新绣袜，惜花疼煞小金铃。）

　　【旦】（不到园林，怎知春色如许！）【皂罗袍】原来姹紫嫣红开遍，似这般都付与断井颓垣！良辰美景奈何天，赏心乐事谁家院？（恁般景致，我老爷和奶奶再不提起。）【旦贴合】朝飞暮卷，云霞翠轩，雨丝风片，烟波画船，锦屏人忒看的这韶光贱。

　　【贴】（是花都放了，那牡丹还早。）

　　【旦】【好姐姐】遍青山啼红了杜鹃，荼蘼外烟丝醉软。（春香呵，）牡丹虽好，他春归怎占的先！

　　【贴】（成对儿莺燕呵，）【合】闲凝眄，生生燕语明如剪，呖呖莺歌溜的圆。

【旦】（去罢！）

【贴】（这园中委是观之不足也。）

【旦】（提他怎的？）【行介】【隔尾】观之不足由他缱，便赏遍了十二亭台是枉然，到不如兴尽回家闲过遣。（作到介）

【贴】（开我西阁门，展我东阁床。瓶插映山紫，炉添沉水香。小姐，你歇息片时，俺瞧老夫人去也。）（下）

【旦叹介】（默地游春转，小试宜春面。春呵，得和你两留连，春去如何遣？咳，恁般天气，好困人也！春香那里？）【作左右瞧介】【又低首沉吟介】（天呵，春色恼人，信有之乎？常观诗词乐府，古之女子，因春感情，遇秋成恨，诚不谬矣。吾今年已二八，未逢折桂之夫；忽慕春情，怎得蟾宫之客？昔日韩夫人得遇于郎，张生偶逢崔氏，曾有《题红记》《崔徽传》二书。此佳人才子，前以密约偷期，后皆得成秦晋。）【长叹介】（吾生于宦族，长在名门，年已及笄，不得早成佳配，诚为虚度青春，光阴如过隙耳。）【泪介】（可惜妾身颜如花，岂料命如一叶乎！）【山坡羊】没乱里春情难遣，蓦地里怀人幽怨。则为俺生小婵娟，拣名门一例，一例里神仙眷甚良缘，把青春抛的远！俺的睡情谁见？则索因循腼腆。想幽梦谁边？和春光暗流转。迁延，这衷怀那处言？淹煎，泼残生除问天。（身子困乏了，且自隐几而眠。）

【睡介】

《牡丹亭》以后，明末最杰出的传奇，是《燕子笺》。《燕子笺》作者阮大铖，号圆海，曾官光禄卿；在福王偏安南京时代，也做过兵部尚书。他的人格卑鄙，读过《桃花扇》的人，对于这个奸相，无不痛恨的，然而他的确是一个杰出的戏曲作家，我们不能以人废言呢。阮大铖上承玉茗堂，属于本色派；他的《燕子笺》，当时竞相排演。几无虚日，极负盛誉。此剧叙述名士霍都梁与二女郎华行云、郦飞云的故事，以燕子含笺作牵合，最后二女归霍团圆。情节既骋巧思，叙事又复雅丽，可以说是汤显祖的嫡派了。

末了再说明朝的散曲作家。散曲的黄金时代，可以说自元中叶之后，而到明中叶之前，这二百年的时期中。等到昆曲兴起，散曲成为昆曲的附属品，渐趋式微，无足多述了。明的散曲作家，承元朝的遗风，也可以分为清丽与豪放两派。清丽派的作家有作《西楼乐府》的王磐，作《六如曲集》的唐寅，作《唾窗绒》的沈仕，作《杨升庵夫妇散曲》的杨慎和他的妻黄氏，作《王伯良散曲》的王骥德。这几个人都是很有名的。试略举两三首，以见明清丽派散曲家的作风：

皂罗袍　杨夫人黄氏

为相思瘦损卿卿，守空房细数长更。梧桐金井叶儿零，愁人又遇凄凉景。锦衾独旦，银灯半明，纱窗人静，罗帏梦惊，你成双丢得咱孤零。

南懒画眉（春怨）　沈仕

倚门无语掐残花，蓦然间春色微烘上脸霞。相思薄幸那冤家，临风不敢高声骂，只教我指定名儿暗咬牙。

一江风（见月）　王骥德

月华明偏管人孤零，后会茫无定。信难凭，两处思量，今夜私相订："天边见月生，低低叫小名；我低低叫也，你索频频应。"

豪放派的作家，有作《碧山乐府》的王九思，作《沜东乐府》的康海，作《常评事写情集》的常伦，作《浮海山馆词稿》的冯惟敏，作《花影集》的施绍莘。他们的散曲，都豪迈而有魄力，虽有绮丽之作，总是很少数的。下面也略举几首，以见作风：

赛儿令（漫兴）　康海

虽是穷煞英雄，长啸一声天地空。禄享千钟，位至三公，半霎过檐风。马儿上才令峥嵘，局儿里早被牢笼。青山排户阔，绿树绕垣墉。风，潇洒月明中。

折桂令（阅报除名）　冯惟敏

笑吾生天地之间：半纸功名，六品王官；百样参差，十分潦倒，一味孤寒。破砂锅换蒜皮有何希罕？死鸡儿炉白菜极受艰难。从今后云水青山，竹杖黄冠，远离了世路风尘，跳出了宦海波澜。

桂枝香（悼亡妓）　施绍莘

时时心里，看看梦里，桃花人面春风，豆蔻郎心夜雨。记前春见伊，前春见伊，伊道："你且今年归去，我准明年待你。"竟谁知，地下无消息，人间长别离。

146

三　诗词文总述

诗词文三者，全盛于唐宋两朝，经元迄明，大形衰落。通俗文学勃兴，文人学士也以余绪从事小说戏曲，附庸蔚为大国。于是文学正宗的诗词文，只成了告朔饩羊的形式。诗则无病而呻，词则闲情偶寄，文则为载道之用，结果都无足观。而况明人喜模拟剽窃，学古而只得古人的皮毛。所以我们可以说明朝文学，除了小说传奇散曲以外，其他全没有重要价值的。这一节是将明朝文坛的全貌，作一鸟瞰式的叙述罢了。

明初文人，以高启、刘基、宋濂、方孝孺为最。高启，字季迪，自号青邱子，长洲人。元末避难不出，明初召为编修，旋放归，隐居于乡。后因文字之祸，为明太祖所杀。他是明朝最杰出的诗人，天才高越，其诗清逸，有李白的精神。下面录七绝一首，暗中隐刺明太祖好色，为太祖所深恨的。题目是《题宫女图》：

女奴扶醉踏苍苔，明月西园侍宴回。小犬隔花空吠影，夜深宫禁有谁来？

刘基（1311—1375），字伯温，青田人。他是一个政治家，辅佐明太祖成帝业，封诚意伯。后世传说中的刘伯温，却是一个预言家。但除开他的功勋不谈，他是明朝一个大文学家，诗词文无一不精。他的古文有刚强之气；诗则沉郁顿挫，自成一家；词善小令，有宋人风味。这里录他的词一首：

眼儿媚（秋闺）

萋萋烟草小楼西，云压雁声低。两行疏柳，一丝残照，万点鸦栖。　　春山碧树秋重绿，人在武陵溪。无情明月，有情归梦，同到幽闺。

明初善作古文者，为浦江宋濂。他和刘基一样，是帮助明太祖成帝业的开国元勋。濂嗜读书，学问极博，其古文极富书卷气，深醇有味，可厕身唐宋作家之林。比宋濂稍后的，有方孝孺。方孝孺忠义盖世，在燕王（成祖）篡位时，不肯草诏，大骂殉节。其文也似其人，气魄甚雄，和宋濂相埒。这里录方孝孺的短文《越巫》一篇，以见明初古文的风格：

越巫自诡善驱鬼物。人病，立坛场，鸣角振铃，跳掷叫呼，为胡旋舞。禳之，病幸已，馈酒食，持其赀去；死则诿以他故，终不信其术之妄。恒夸人曰："我善治鬼。鬼莫敢我抗。"恶少年愠其诞，伺其夜归，分五六人，栖道旁木上，相去各里所，候巫过，下砂石击之。巫以为真鬼也，即旋其角；且角且走，心大骇，首岑岑加重，行不知足所在。稍前，骇颇定，木间砂乱下如初；又旋而角，角不能成音，走愈急。复至前，复如初，手栗气慑，不能角。角坠，振其铃；既而铃坠，惟大叫以行。行闻履声，及叶鸣谷响，亦皆以为鬼，号求救于人，甚哀。夜半，抵家，大哭叩门。其妻问故，舌缩不能言，惟指床曰："巫扶我寝！我遇鬼，今死矣！"扶至床，胆裂死，肤色如蓝。巫至死，不知其非鬼。

明自永宣以后，安享太平，文章多雍容冲和之作。当时杨士奇文章独优，一时制诰碑版，多出他的手笔。于是稳重的馆阁著作，沿为流派，称"台阁体"。接着李东阳称一代文宗。而李梦阳、何景明等异军特起，排击东阳，号称复古，主张文必秦汉，诗必盛唐，气势极盛。李梦阳、何景明，再加上边贡、徐祯卿、康海、王九思、王廷相，即世所称前七子，以诗文鸣。然而他们的诗文，以虚矫而鸣高，其实极无足观的。到嘉靖间，李攀龙、王世贞出，更拾李、何的余绪，高倡文自西京，诗至天宝以下，都没有价值，于是虚矫的复古更盛，学古只得其貌，流于剽窃之途。李攀龙、王世贞一派人，世称后七子，除李王外，尚有谢榛、宗臣、梁有誉、徐中行、吴国纶。诗文到前后七子，衰靡已极。这里举王世贞的名作《蔺相如完璧归赵论》一篇，以作前后七子文章的例：

　　蔺相如之完璧，人皆称之，予未敢以为信也。夫秦以十五城之空名，诈赵而胁其璧；是时言取璧者情也，非欲以窥赵也。赵得其情则弗予，不得其情则弗予；得其情而畏之，则予，得其情而弗畏之，则弗予。此两言决耳，奈之何既畏而复挑其怒也！且夫秦欲璧，赵弗予璧，两无所曲直也。入璧而秦弗予城，曲在秦；秦出城而璧归，曲在赵。欲使曲在秦，则莫如弃璧；畏弃璧，则莫如弗予。夫秦王既按图以予城，又设九宾，斋而受璧，其势不得不予城。璧入而城弗予，相如则前请曰："臣固知大王之弗予城也。夫璧非赵璧乎？而十五城秦宝也。今使大王以璧故，而亡其十五城；十五城之子弟，皆厚怨大王，以弃我如草芥也。大王弗与城而绐赵璧，以一璧故而失信于天下，臣请就死于国，以明大王之失信。"秦王未必不返璧也。今奈何使舍人怀而逃之，而归直于秦！是时秦意未欲与赵绝耳。令秦王怒而

戮相如于市，武安君十万众压邯郸，而责璧与信。一胜
而相如族，再胜而璧终入秦矣。吾故曰，蔺相如之获全
于璧也，天也。若其劲渑池，柔廉颇，则愈出而愈妙于
用，所以能完赵者，天固曲全之哉！

明中叶的作家，前后七子虽不足论，却不能不述归有光。归
有光（1506—1571），字熙甫，昆山人，学者称震川先生。归有
光最擅长散文，冲淡隽逸，可称明朝第一。他上接韩、欧，下开
清代桐城一派，在中国的文学史，占着重要的地位。记事文尤为
归有光所擅，往往写家庭故旧间的琐语细事，淡淡几笔，言穷而
意含蓄不尽，一往情深，所谓开韩、柳、欧、苏未辟之境。试举
一篇《项脊轩志》于下：

项脊轩，旧南阁子也。室仅方丈，可容一人居。百
年老屋，尘泥渗漉，雨泽下注，每移案，顾视无可置
者。又北向，不能得日；日过午已昏。余稍为修葺，使
不上漏，前辟四窗，垣墙周庭，以当南日；日影反照，
室始洞然。又杂植兰桂竹木于庭，旧时栏楯，亦遂增
胜。借书满架，偃仰啸歌，冥然兀坐，万籁有声；而庭
阶寂寂，小鸟时来啄食，人至不去。三五之夜，明月半
墙，桂影斑驳，风移影动，珊珊可爱。然予居于此，多
可喜，亦多可悲。

先是，庭中通南北为一。迨诸父异爨，内外多置小
门，墙往往而是。东犬西吠；客逾庖而宴；鸡栖于厅；
庭中始为篱，已为墙，凡再变矣。家有老妪，尝居于
此。妪、先大母婢也，乳二世，先妣抚之甚厚。室西
连于中闺，先妣尝一至。妪每谓余曰："某所，而母立

于兹。"妪又曰："汝姊在吾怀，呱呱而泣。娘以指叩门扉曰：儿寒乎？欲食乎？吾从板外相为应答。"语未毕，予泣，妪亦泣。

予自束发读书轩中。一日，大母过予曰："吾儿，久不见若影。何竟日默默在此，大类女郎也？"比去，以手阖扉，自语曰："吾家读书久不效，儿之成则可待乎？"顷之，持一象笏至，曰："此吾祖太常公宣德间执此以朝。他日汝当用之。"瞻顾遗迹，如在昨日，令人长号不自禁。

轩东故尝为厨。人往，从轩前过；予扃牖而居，久之，能以足音辨人。吾妻来归，时至轩中，从予问古事，或凭几学书。吾妻归宁，述诸小妹语曰："闻姊家有阁子，且何谓阁子也？"其后吾妻死，室坏不修。予久卧病无聊，乃使人复葺南阁子，其制稍异于前。然自后予多在外，不常居。庭有枇杷树，吾妻死之年所手植也，今已亭亭如盖矣！

明中叶以后的文坛，给前后七子闹得乌烟瘴气。归有光虽巍然独树，也没法挽回狂澜。并有吴中四子者，即徐祯卿（并见前七子中）、唐寅、文徵明、祝允明，俱擅书画诗文，风流自赏，他们的作品，不像七子的一味剽窃模拟，然而流于油滑的才子派，风格不高。到晚明乃有公安、竟陵两体的诗文出现，可说是七子的反动。

公安体的提倡者，为公安人袁宏道。袁宏道（1578—1610），字中郎，和兄宗道，弟中道，均擅诗文，时称三袁。他们的作品，反对复古，崇尚自然，并用俚言俗语，以清新见长。

尤其是中郎的小品文，性灵跃然。竟陵体的提倡者，为竟陵人钟惺、谭元春。因为他们对于袁宏道辈的清新，仍觉不满，诗文走到幽深孤峭的路上去。一时公安、竟陵两派，风靡天下，虽然没有大作手出现，然而七子的颓风，被荡涤不少了。公安之弊在浅率，竟陵之弊在晦涩，这是当时公认的。不过经过中郎等的提倡，明末的小品文，风起云涌，佳作极多，至今还为人所欣赏。这里录袁宏道的小品散文一篇《晚游六桥待月记》于下：

> 西湖最盛，为春为月。一日之盛，为朝烟，为夕岚。今岁春雪甚盛，梅花为寒所勒，与杏桃相次开发，尤为奇观。石篑数为余言，傅金吾园中梅，张功甫家故物也，急往观之。余时为桃花所恋，竟不忍去湖上。由断桥至苏堤一带，绿烟红雾，弥漫二十馀里。歌吹为风，粉汗为雨，罗纨之盛，多于堤畔之草，艳冶极矣。然杭人游湖，止午、未、申三时。其实湖光染翠之工，山岚设色之妙，皆在朝日始出，夕舂未下，始极其浓媚。月景尤不可言，花态柳情，山容水意，别是一种趣味。此乐留与山僧游客受用，安可为俗士道哉！

第八章　清的文学

一　小说

　　要数清朝的长篇小说，第一当说《红楼梦》。它不但是清朝首屈一指的著述，而且是我国章回小说中登峰造极之作。《红楼梦》一书，有很多的别名：一名《石头记》，一名《金玉缘》，这两个都是很普通的；尚有题名作《情僧录》《风月宝鉴》《十二钗》的，也就是《红楼梦》，不过较为稀见罢了。

　　据近来大多数学者的考证，确定《红楼梦》为曹雪芹所作。曹霑（约 1715 或 1721—约 1764）号雪芹，为汉军镶黄旗人[①]。祖寅，父頫，都官江宁织造。雪芹大概在康熙之末生于豪华的环境中；又曾在雍乾之间，中过举人。頫卸任归北京后，家遭巨变而式微，雪芹到中年时，贫居西郊，啜饘粥度日，回忆从前的繁荣，有不胜唏嘘者。《红楼梦》大约成于此时。据一般的意见，曹雪芹写《红楼梦》，并未完稿，只到八十回，就在乾隆二十九年逝世。当时书已风行，十多年间，补作者不少，其中不无可和

　　[①] 原文如此。今一般认为曹雪芹出身是："满洲正白旗包衣（奴仆）"。

原作颉颃。今其他的补作本都已泯灭，存留者惟高鹗一种。高，字兰墅，汉军镶黄旗人。今通行本《红楼梦》一百二十回，前八十回系曹雪芹手笔，后四十回传系高鹗补作。高氏的补作，和原书前后呼应，事迹和作风，均完全一致，可称天衣无缝的。

《红楼梦》书中的人物，以少年公子贾宝玉为中心，配以金陵十二钗，即十二个惊才绝艳的女子，那是贾元春、贾迎春、贾探春、贾惜春、林黛玉、薛宝钗、王熙凤、巧姐、李纨、秦可卿、史湘云、妙玉。其中元春是宝玉的亲姊，迎春是宝玉的堂姊，探春是宝玉的妹（庶出），惜春是宝玉的堂妹，王熙凤是宝玉的堂嫂并表姊，巧姐是王熙凤之女，李纨是宝玉的寡嫂，秦可卿是宝玉的堂侄媳，史湘云、林黛玉、薛宝钗和宝玉都是表兄妹关系，妙玉则为女尼。全书一共写了男子二百三十五人，女子二百十三人，每人都有显明的个性，热闹得好像伟大的电影一样。

本书的情节极繁复，而很少有冗笔或漏笔的。主要的故事，在写贾宝玉与林黛玉、薛宝钗的三角恋爱。贾宝玉把黛玉作为意中人，偏是她才高傲物，不得人们的欢心，而且体弱多病，红颜薄命。宝玉终于受了家庭的支配，不得不与宝钗结婚。宝钗才貌双全，雍容大方，其实这"金玉良缘"，原是极配的。然而金玉婚姻之日，正黛玉香消玉殒之时，荣衰哀乐，这一段不知道赚了读者多少眼泪。就在这时候，贾宝玉一家，由盛而衰，从动摇而陷于崩溃的境地，不堪回首前尘，令人生无限感慨。全书乃于宝玉乡试中式飘然引去作结束。所以本书虽写才子佳人，不落旧套。至于事迹的复杂，描写的逼真，文字纯出于北平口语，则犹其余事。把本书当言情小说读，固无不可；把它当封建家庭的悲剧读，藉以认识当时的社会，也无不可。总之本书实在是一部自然主义的杰作呢。

因为《红楼梦》盛行不衰，读者于是想考证其背景，究竟是什么。于是《红楼梦》的研究，顿成一种"红学"。数百年来，这类"红学"的著述很多。关于《红楼梦》背景的，有下列诸说：（一）陈康祺《郎潜纪闻》，蔡元培《石头记索隐》，谓系影射康熙朝政治状况。宝玉指帝系，黛玉为朱竹垞，宝钗为高江村。（二）王梦阮沈瓶庵《红楼梦索隐》，谓系记清世祖（顺治）董鄂妃故事者。董妃即曾嫁冒辟疆的秦淮名妓董小宛，有人说她被虏入宫，为世祖的妃子。（三）俞樾《小浮梅闲话》谓系记故相明珠家事。宝玉指明珠之子纳兰成德，字容若，是康熙时大词人。（四）寿鹏飞《红楼梦本事辨证》谓系演清世宗（雍正）与诸兄弟争立之事者——诸说虽言之成理，持之有故；然而看到《红楼梦》描写逼真，像实有其事，说它影射什么，终不能叫人相信的。

如今大部分的读者，都相信《红楼梦》是曹雪芹自写其生平。因为他少年时生长在繁华的环境里，过着温柔豪奢的生活，自然有不少粉红色的故事。后来家道中落，贫不聊生，颇有不堪回首话当年之概。乃于潦倒中作此自传，借笔墨以写哀伤，因此真实的故事，自然可以引起读者的同情。书中略有一小部分，是作者的渲染虚托，那是小说家的惯技。如果作者真的老老实实自述生平，这不是小说，而是地道的传记了。

这里节录第四十回《史太君两宴大观园》，刘老老的故事：

凤姐一面递眼色与鸳鸯，鸳鸯便忙拉刘老老出去，悄悄的嘱咐了刘老老一席话。又说："这是我们家的规矩，若错了，我们就笑话呢。"调停已毕，然后归坐。薛姨妈是吃过饭来的，不吃，只坐在一边吃茶。贾母带着宝玉、湘云、黛玉、宝钗一桌，王夫人带着迎春姊妹一桌，刘老老挨着贾母一桌。贾母素日吃饭，皆有小丫鬟在旁边，拿着漱盂、麈尾、巾帕之物。如今鸳鸯是不当这差的了，今日偏接过麈尾来拂着。丫鬟们知道，他要撮弄刘老老，便躲开让他。鸳鸯一面侍立，一面递眼色。刘老老道："姑娘放心。"那刘老老入了坐，拿起箸来，沉甸甸的不伏手；原是凤姐和鸳鸯商议定了，单拿一双老年四楞象牙镶金的筷子，与刘老老。刘老老见了，说道："这把叉子，比我那里铁锨还沉，那里拿得动他！"说的众人都笑起来。只见一个媳妇，端了一碗盒子，站在当地；一个丫鬟上来，揭去盒盖，里面盛着两碗菜。李纨端了一碗，放在贾母桌上；凤姐偏拣了一碗鸽子蛋放在刘老老桌上。贾母这边说声请，刘老老便站起身来，高声说道："老刘，老刘，食量大如牛，吃个老母猪不抬头。"自己却鼓着腮帮子不语。众人先还发怔，后来一听，上上下下，都哈哈大笑起来。湘云掌不住，一口茶都喷了出来；林黛玉笑岔了气，伏着桌子，只叫哎哟；宝玉滚到贾母怀里，贾母笑的搂着宝玉叫心肝；王夫人笑的用手指着凤姐儿，却说不出话来，薛姨妈也掌不住，口里的茶，喷了探春一裙子；探春手里的茶碗，都合在迎春身上；惜春离了坐位，拉着他的奶妈，叫揉一揉肠子。地下无一个不弯腰屈背，也有躲出去蹲着笑的，也有忍着笑上来，替他姐姐换衣裳的。

独有凤姐鸳鸯二人掌着，还只管让刘老老。刘老老拿起箸来，只觉不听，便又道："这里的鸡儿也俊，下的这蛋；也小巧怪俊的。我且得一个儿。"众人方住了笑，听见这话，又笑起来。贾母笑的眼泪出来，只忍不住，琥珀在后捶着。贾母笑道："这定是凤丫头促狭鬼儿闹的，快别信他的话了。"那刘老老正夸鸡蛋小巧，凤姐儿笑道："一两银子一个呢，你快尝尝吧，冷了就不好吃了。"刘老老便伸筷子要夹，那里夹的起来，满碗里掏了一阵，好容易撮起一个来，才伸着脖子要吃，偏滑下来，滚在地下，忙放下筷子，要亲自去拾，早有地下的人，拾了出去了。刘老老叹道："一两银子，也没听见个响声儿就没了。"众人已没心吃饭，都看着他取笑。

次于《红楼梦》的章回小说，要推《儒林外史》。《儒林外史》作者为吴敬梓（1701—1754），字敏轩，晚号文木老人，全椒人。他是一个豪爽而好古的文士，其著作除《儒林外史》外，尚有诗文若干卷。《儒林外史》凡五十五回，或将全书人物，排列作"幽榜"一回，作五十六回。全书虽称为章回小说，不用纵的写法而用横的写法，实际上是把许多短篇连缀而成的。吴氏此书，完全以写实的笔法，批评当时的士风，对于那些假道学伪君子，揭露了他们的假面具，和他理想中的清高人物，两两对照。书中对于人情世态，也刻画备至，是一部很好的讽刺小说。

清中叶以后的章回小说，要推《镜花缘》《儿女英雄传》《七侠五义传》了。先说《镜花缘》。《镜花缘》的作者，是李汝珍。李字松石，直隶大兴人。他博闻强记，对于词章、声韵、壬遁、星卜、象纬、书法、弈道之学，无一不精，是一个多才多艺的学者。可惜他所擅长的，乃是为士君子所看不起的小道，因此无人赏识他，一生坎坷不得志。晚年在穷愁中，著《镜花缘》小说自遣，把他一生的才艺，都包含到这一部小说里去。结果《镜花缘》中有一小部分，广据旧文，历陈众艺，令阅者头痛。幸得书的前半，写唐敖、林之洋、多九公游历域外，经过许多奇异的国土，想像丰富，事迹有趣，处处入胜。全书的精彩地方也在是呢。全书虽以记唐、林等的游历见长，但主意实在描写妇女。中国小说专以妇女作中心者，不能不首推《镜花缘》。它写才女百人，都是百花化人，可是很少香艳绮丽之笔，和《红楼梦》完全异趣。作者好像对于几千年来饱受压迫的妇女，代泄不平之气；既写才女，推翻女子无才便是德的教条，又写穿耳缠足等无异肉刑，令男子试尝其味。作者的见识，不可谓非高人一等的。至于全书结构比较松懈，这也是一个缺点；以结构和故事论，则《儿女英雄传》较胜了。

《儿女英雄传》作者为文康。文，字铁仙，别号燕北散人，满洲镶红旗人。他原是出身于世家，历任要职，并被派为驻藏大臣，因病末果行。《儿女英雄传》大概成于晚年，初名《金玉缘》，旋改名《日下新书》，后经东海吾了翁增订，更名《儿女英雄传评话》。其书有五十三回，今存四十回。虽然仍是才子佳人旧套，但结构极紧密。书中的佳人，是侠女何玉凤，因其父被权臣纪献唐所害，乃立志报仇。她是一个智勇兼全的姑娘，变姓名为十三妹，在途中救安骥出险，两人一往情深。后纪献唐被朝廷所诛，何玉凤乃与安骥结婚，和安骥的前妻张金凤和好如姊妹。——据近人考证，书中的权臣纪献唐，就是影射年羹尧，而文士安骥或为作者自寓，大概比较是可信的。

《七侠五义传》，出现于光绪五年，经俞荫甫（樾）改订，称为"事迹新奇，笔意恣酣"，为一种英雄故事。本书原名《三侠五义》，又名《忠烈侠义传》，为石玉昆所著。书中所叙述的，为宋仁宗朝名臣包拯的故事。而配以各种草莽英雄，描写这些英雄们侠义的故事。叙述虽还生动，但是和《水浒》相较，文与意都觉枯索了。后来流行于民间的武侠小说，不得不推本书为始作俑者。至于处封建势力的压迫下，饱受痛苦，乃幻想仗义勇武的侠客出现，抑强扶弱，劫富济贫，藉麻醉作品以自慰，则又是此类书籍之罪了。所以从《七侠五义》之后，有叙述施世纶黄天霸的《施公案》，叙述彭鹏的《彭公案》，都是不满于政治黑暗，寄缥缈的希望于清官，抒写也每况愈下的。

清末的长篇小说，风起云涌，盛极一时。述其著名者，有《花月痕》《老残游记》《二十年目睹之怪现状》《上海花列传》《孽海花》等。《花月痕》的作者，为魏秀仁，字子安，侯官人。相传他在少年时代，是一个风流的才子，喜欢流连在秦楼楚馆里。中年以后，折节学道，晚岁更端砺品行，为身后志墓计。但他青年时所作的许多诗词，哀感顽艳，不忍抛掷，乃撰《花月痕》小说以容纳之，托名为眠鹤主人。所以《花月痕》前半部，特多诗词插入，虽使本书减色，而诗词却多可诵的。《花月痕》中的人物，是两名士韦痴珠、韩荷生，各眷一妓，韦为刘秋痕，韩为杜采秋。从此穷通贵贱，两两对比。韩荷生一帆风顺，与杜采秋结婚，平寇有功，累迁至封侯，采秋也封一品夫人；韦痴珠落落不遇，秋痕虽倾心，终不得嫁韦，后韦死，她也殉节。当韩荷生、杜采秋得意之日，也就是韦痴珠、刘秋痕双棺南下的时候，全书结束于此。本书把狎客妓女写成才子佳人式，又在韩荷生的战绩中，杂以妖异。殊是累赘，但文章却还可诵。后来的鸳鸯蝴蝶派小说，以《花月痕》为先河，而比它更不如了。这里节录第十四回《意绵绵两阕花魂词》一段，写韩荷生、韦痴珠、刘秋痕等饮酒故事，以见鸳鸯蝴蝶派的作风：

> 痴珠末了，也忍不住，吊下几点泪来；瞧着秋痕，玉容寂寞，涕泪纵横，心上更是难受，想道："我却不道青楼中有此解人，有此情种！"便转向荷生说道："真是绝唱！一字一泪，一泪一血，这也不枉秋痕的数点泪渍在上头。只是我也有一词，题在花神庙，想你还没见呢。"荷生道："我自那一晚，便定了此间的局面，花神庙一别经年了。你那长辛店题壁的诗，我还记得。"痴珠道："你的诗我记得多了。"便喝一大杯酒，高吟道："双桨风横人不渡，玉楼残梦可怜宵。"荷生十分惊讶，只见痴珠又念道："毕竟东风无气力，一任落花飘泊。"荷生道："荔香院你到过吗？"痴珠也不答应，便又喝了酒，又高吟道："一死竟拼销粉黛，重泉何幸返精魂。"又拍着桌说道："最沉痛的是，薄命怜卿甘作妾，伤心恨我未成名。"荷生道："奇得很，这几首诗你也见过么？"痴珠含笑，总不答应，唤过秃头说道："你将我屋里一个碧绿青螺杯取来，我要行令了。"

《老残游记》作者为刘鹗。刘字铁云，江苏丹徒人。他在清末，曾以知府任用，因上书请敷设铁路，又主张开山西煤矿，为一般守旧派谥为汉奸。庚子之乱，又以贱值购太仓储粟于欧人，据说为振饥之用；平乱后被人以私售仓粟上控，得罪流戍新疆以终。《老残游记》凡二十章，题作洪都百炼生著，这乃是他的别号。书中主人翁铁英号老残者，也许是作者的自况。老残摇串铃行医，游历山东，所经所见的情形，都是官吏的腐败和政治的黑暗。作者不写贪官污吏之恶，而直揭所谓清官好官的假面具，如玉贤的残忍和刚弼的矫诈，这是别人所敢怒而不敢言的。至于本书的描写，也时有极细腻的地方。下面一例，是第二章《明湖湖边美人绝调》摘录，描写王小玉唱书：

这时满园子的人，谈谈笑笑，卖瓜子、落花生、山里红、核桃仁的，高声喊叫着卖，满园子里听来，都是人声。正在热闹哄哄的时候，只见那台后又出来了一位姑娘，年纪约十八九岁，装束与前一个，毫无分别。瓜子脸儿，白净面庞，相貌不过中人以上的姿色，只觉秀而不媚，清而不寒，半低着头，出来立在半桌后面，把梨花简丁当了几声。煞是奇怪！只是两片顽铁，到他手里，便有五音十二律。又将鼓捶子，轻轻的点了两下，方抬起头来，向台下一盼。那双眼睛，如秋水，如寒星，如宝珠，如水银；左右顾盼，连那坐在远远墙角子里的人，都觉得王小玉看见他的，那坐得近的更不必说。就这一眼，满园子里便鸦雀无声，比皇帝出来，还要肃静得多呢；连一根针，掉在地下，都听得见响。王小玉便启朱唇，发皓齿，唱了几句书儿。声音初不甚响，觉得到耳朵里，有说不出来的妙音，五脏六腑，像熨斗熨过，无一处不伏贴；三万六千个毛孔，像吃了人参果，无一孔不畅快。唱了十数句之后，渐渐的越唱越高；忽然拔了一个尖儿，像一线钢丝，抛入天际，不禁暗暗叫绝。那知他于那极高的地方，尚能回环转折；几转之后，又高一层，接连有三四叠，节节高起。恍如由傲来峰西面，攀登泰山的景象：初看傲来峰削壁千仞，以为上与天齐；及至翻到傲来峰顶，才见扇子崖更在傲来峰上；及至翻到扇子崖，又见南天门，更在扇子崖上；愈翻愈险，愈险愈奇。那王小玉唱到极高的三四叠后，陡然一落，又极力骋其千回百转的精神，如一条飞蛇，在黄山三十六峰半中腰里，盘旋穿插；顷刻之间，周匝数遍。从此以后，愈唱愈低，愈低愈细，那声音渐渐的听不见了。满园子的人都屏气凝神，不敢少动。约有二三分钟之久，仿佛有一点声音，从地底下发出，这一出之后，忽又扬起，像放那东洋烟火，一个弹子上天，随化千百道五色火光，纵横散乱；这一声飞起，即有无限声音，俱来并发。弹弦子的，亦全用指轮，忽大忽小，同他那声音相和相合，有如花坞春晓，好鸟乱鸣；耳朵忙不过来，不觉得听那一声为是。正在撩乱之际，忽听霍然一声，人弦俱寂。这时台下叫好之声，轰然雷动。

《二十年目睹之怪现状》为吴趼人作。吴，广东南海人，笔名我佛山人。其《二十年目睹之怪现状》为黑幕小说，谴责社会，事实逼真。吴趼人的另外小说作品，尚有数篇，如《恨海》则是哀情小说。同于《二十年目睹之怪现状》者，有李伯元的《官场现形记》，乃描写满清末叶官场的黑幕。这一类小说，后起者甚多，以揭露黑幕为能事，讽刺则类于恶谑，谴责则有如谩骂，大概作者都是通都大邑的潦倒文士，以自泄其牢骚，实在够不上什么文学价值。甚或以黑幕小说来泄私愤，打秋风；朝撰篇什，暮夜受金，小说至此，可说斯文扫地了！

和黑幕小说同兴盛于晚清者，有妓女小说。妓女小说，以《花月痕》开先河，但气格尚高，以后则每况愈下；作者以"洋场才子"自况，或责妓女薄幸，或把妓女描写成才貌双全的佳人。甚至于思想卑鄙，文笔龌龊，后来的鸳鸯蝴蝶派和小报记者，都是渊源于是的。这一类妓女小说中，较著者有《海上花列传》。《海上花列传》称云间花也怜侬著，实为松江韩子云所作。内容以清末上海的妓女为主角，不过全书都用吴语（苏州话）写成，口吻酷肖，是其特色。至于以后的《九尾龟》等小说，更不足道了。

请述《孽海花》，以结束清朝的章回小说。《孽海花》初载于《小说林》杂志，预定凡六十回，只成二十回忽中辍。其书题为"爱自由者发起，东亚病夫编述"。今知爱自由者为金松岑。第一二回即由金作，下面全由东亚病夫续撰。东亚病夫为曾朴的笔名。曾朴，字孟朴，江苏常熟人。他晚岁介绍法国文学，作《鲁男子》，在中国新文学史上，也是很有功绩的。《孽海花》以上海名妓傅彩云为主角。彩云初嫁状元金沟为妾，随其使英，称夫人。既返国，金殁，傅重张艳帜，至天津，称赛金花。值八国联军入京，她与联军统帅瓦德西系旧识，相见后即为瓦所昵。书至此而毕。书中所写，大致实有其事，也实有其人。主角赛金花不必说了，金沟即暗指洪钧，洪氏曾使欧洲，并和赛金花有过一段姻缘。所以这书可作清末的掌故读；至于依文学价值论，曾朴后来的译作，高于此不少了。

承唐传奇文之后的笔记小说，明清两代，都有作者，并有专集。明人所著的短篇，也不乏情文并茂的佳篇，如《小青传》《汤琵琶传》等，都是可诵的；可是明朝短篇评话复盛，笔记小说比较逊色了。明亡而短篇评话随衰，即偶有出现，不是明人作品的选本，便是描写淫猥事迹的仿作，这里可无庸多说。清朝笔记集很多，总计当在百种以外，到现在还流行者，有《聊斋志异》《阅微草堂笔记》《子不语》《池北偶谈》《谐铎》《夜谈随录》《夜雨秋灯录》等。但其中的篇什，大都取材于"子不语"的怪力乱神，尤以神怪鬼狐之类最多，荒诞无稽，范围也狭。次者，它们的结构，也非常松懈，不像正格的短篇小说。而且互相模拟，千篇一律的格式，令人生厌，传奇文到清末，已经山穷水尽，也自此而绝了。在清人的作品中，比较可称的，前有《聊斋志异》，后有《阅微草堂笔记》，请述此两者，以见一斑。

《聊斋志异》为蒲松龄作。蒲松龄（1630—1715），字留仙，山东淄川人，也是一个不得志的文士。据说他曾在城外设茶店，见有过客，即拉与饮茶，请他讲述故事作为笔录。于是成《聊斋志异》八卷，凡四百三十一篇。内容大多为狐鬼的故事，但文字典雅，而所述狐鬼，也颇具人情。《聊斋志异》中有几篇，结构完美，词采动人，很有唐人小说的遗意，不可一笔抹杀的。《阅微草堂笔记》作者纪昀，字晓岚，卒谥文达，是乾隆时代的大学者，尽毕生精力，编辑《四库全书》，成《提要》二百卷，所以作笔记为其余事，不像蒲松龄的专业。《阅微草堂笔记》内包含五种，除谈狐鬼外，也有掌故杂事，但其流行总不及《聊斋志异》。这里录《聊斋志异》一篇，用作传奇文的结束：

促　织

　　宣德间，宫中尚促织之戏，岁征民间。此物故非西产，有华阴令，欲媚上官，以一头进。试使斗而才，因责上供，令以责之里正。市中游侠儿，得佳者笼养之，昂其值居为奇货。里胥猾黠，假此科敛丁口。每责一头，辄倾数家之产。邑有成名者，操童子业，久不售。为人迂讷，遂为猾胥报充里正役，百计营谋不能脱。不终岁，薄产累尽。会征促织，成不敢敛户口，而又无所赔偿，忧闷欲死。妻曰："有何禆益？不如自行搜觅，冀有万一之得。"成然之，早出暮归，提竹筒丝笼，于败堵丛草处，探石发穴，靡计不施，迄无济；即捕得两三头，亦劣弱不中于款。宰严限追比，旬余，杖至百，两股间脓血流离，并虫亦不能行捉矣。转侧床头，惟思自尽。时村中来一驼背巫，能以神卜。成妻具资诣问，见红女白婆，填塞门户。入其舍，则密室垂帘，帘外设香几。问者爇香于鼎，再拜。巫从旁望空代祝，唇吻翕辟，不知何词。各各竦立而听。少间，帘内掷一纸出，即道人意中事，无毫发爽。成妻纳钱案上，焚拜如前人。食顷，帘动，片纸抛落。视之，非字而画，中绘殿阁，类兰若。后小山下怪石卧，针针丛棘，青麻头伏焉。旁一蟆，若将跃舞。展玩不可晓；然睹促织，隐中胸怀。折藏之，归以示成，成反复自念，得无教我猎虫所耶？细瞻景状，与村东大佛阁逼似。乃强起，扶杖执图，诣寺后，有古陵蔚起。循陵而走，见蹲石鳞鳞，俨然类画。遂于蒿莱中侧听徐行，似寻针芥；而心目耳力俱穷，绝无踪响，冥搜未已。一癞头蟆猝然跃去，成益愕。急逐趁之，蟆入草间，蹑迹披求，见有虫伏棘根。遽扑之，入石穴中，操以尖草，不出；以筒水灌之，始出。状极俊健，逐而得之。审视，巨身修尾，青项金翅。大喜，笼归，举家庆贺，虽连城拱璧不啻也。上于盆而养之。蟹白栗黄，备极爱护；留待限期，以塞官责。成有子七岁，窥父不在，窃发盆。虫跃掷径出，迅不可捉；及扑入手，已股落腹裂，斯须就毙。儿惧，啼告母。母闻之，面色灰死，大惊曰："业根，死期至矣！而翁归，自与汝复算耳！"儿啼而去。未几，而成归，闻妻言，如被冰雪。怒索儿，儿渺然不知所往。既而得其尸于井，因而化怒为悲，抢呼欲绝。夫妻向隅，茅舍无烟，相对默然，不复聊赖。日将暮，取儿稿葬；近抚之，气息惙然，喜置榻上。半夜复苏，夫妻心稍慰。但儿神气痴木，奄奄思睡。成顾蟋蟀笼虚，则气断声吞，亦不复以儿为念。自昏达曙，目不交睫；东曦既驾，僵卧长愁。忽闻门外虫鸣，惊起觇视，虫宛然尚在。喜而捕之，一鸣辄跃起，行且速。覆之以掌，虚若无物，手才举，则又超急而跃。急趋之，折过墙隅，迷其所在。徘徊四顾，视虫伏壁上。审谛之，短小黑赤色，顿非前物。成以其小，劣之；惟彷徨瞻顾，寻所逐者。壁上小虫，忽跃落襟袖间。视之，形若土狗，梅花翅，方首长胫；意似良，喜而收之。将献公堂，惴惴恐不当意，思试之斗以觇之。村中少年好事者，驯养一虫，自名蟹壳青，与子弟角，无不胜；欲居之以为利，

而高其值，亦无售者。径造庐访成，视成所蓄，掩口胡
卢而笑；因出己虫，纳比笼中。成视之，庞然修伟，自
增惭怍，不敢与较。少年固强之。顾念劣物，终无所
用，不如拌博一笑。因合纳斗盆。小虫伏不动，蠢若木
鸡，少年又大笑。试以猪鬣撩拨虫须，仍不动，少年又
笑。屡撩之，虫暴怒直奔，遂相腾击，振奋作声。俄见
小虫跃起，张尾伸须，直龁敌领。少年大骇，急解，令
休止。虫翘然矜鸣，似报主知，成大喜。方共瞻玩，一
鸡瞥来，径进以啄。成骇立愕呼，幸啄不中，虫跃去有
咫尺。鸡健进，逐逼之，虫已在爪下矣。成仓猝莫知所
救，顿足失色，旋见鸡伸颈摆扑；临视，则虫集冠上，
力叮不释。成益惊喜，掇置笼中。翌日，进宰。宰见其
小，怒呵成；成述其异。宰不信，试与他虫斗，尽靡。
又试公鸡，果如成言。乃赏成献诸抚军，抚军大悦，
以金笼进上，细疏其能。既入宫中，举天下所贡；蝴
蝶、螳螂、油利挞、青丝额，一切异状，遍试之，无出
其右者。每闻琴瑟之声，则应节而舞，益奇之。上大嘉
悦，诏赐抚臣名马衣缎。抚军不忘所自，无何，宰以卓
异闻。宰悦，免成役；又嘱学使，俾入邑庠。后岁余，
成子精神复旧。自言："身化促织，轻捷善斗，今始苏
耳。"抚军亦厚赉成。不数岁，田百顷，楼阁万椽，牛
羊蹄躈各千计。一出门，裘马过世家焉。

167

二　戏曲

　　要说到清朝的戏曲，大概可以分作三种：一是昆曲，曲文就是前代所称的传奇；二是皮黄，就是今日所称的京戏或平剧；三是弹词、鼓词、大鼓、滩簧等附之，大多是有弹唱而无演做的。这里依次分述之。

　　上承明朝传奇的繁盛，在清初叶，犹能遵循着规矩发展，佳构辈出。尤其是在移社之际，国破家亡的文人，借此浇胸中块垒的很多，诗家如吴伟业，学者如王夫之，都曾致力于传奇的。然而成功最先的戏曲家，要推李渔。康熙年间，洪昇的《长生殿》，孔尚任的《桃花扇》，南北并峙，号称双璧。乾隆时代，则有名家蒋士铨。以后作家，虽偶有兴起，终乏佳构。我们可以说，自清朝乾隆后，传奇已有衰落的现象了。

　　李渔（1611—? ），号笠翁，兰溪人。他无意仕进，自少遍游四方，实在是清代唯一的专业戏曲作家。他看到中国多悲剧，所以极力提倡做喜剧。他所作传奇，有《奈何天》《比目鱼》《蜃中楼》《怜香伴》《风筝误》《慎鸾交》《凰求凤》《巧团圆》《玉搔头》《意中缘》等十种，故合称《笠翁十种曲》，大抵都是喜剧，以幽默或风情见长，盖以见人情的弱点和人生行路难。笠翁所作，文词浅显，文士们都嫌他太俗。然而他是成功的，当时盛名遍天下，就可以知道了。李渔还是一个戏曲的研究者和批评家，著有《闲情偶寄》一书，为论戏曲的名著，内中《词曲》《演习》两部分，均有独到之论。他极注重创造，曾说"不佞半生操觚，不攘他人一字"。他不单作豪语，确是真实的自道呢。

《长生殿》的作者洪昇（？—1704），字昉思，号稗畦，钱塘人。他的名著《长生殿》是根据陈鸿《长恨歌传》和白居易《长恨歌》做成的。衍的是唐玄宗与杨玉环的故事。元明之间的戏曲，以此为题材的，有白朴的《梧桐雨》、吴世美的《惊鸿记》、屠隆的《彩毫记》，然而《长生殿》均较诸作为胜。他描写杨贵妃，个性活现，删却了一切秽事，只写一个娇妒的美人，和她的恋爱事迹与悲惨结局；而且音调与谱法，无懈可击，词采斐然，更达极致。然而在事实上，玄宗和贵妃死别生离之后，《长恨歌》及《传》均以"天长地久有时尽，此恨绵绵无绝期"作结，白朴也以玄宗感逝伤旧收尾，《长生殿》却无中生有，写玄宗贵妃在天相会，重圆成眷属，未免化悲剧为喜剧，缺憾虽补，而意趣转成枯索了。这不能不说是累赘的。然大概而论，《长生殿》与《桃花扇》，不愧清代传奇中两杰作。这里录《密誓》一段，以见他清丽的作风。

【生、旦各坐介】【老旦、贴同二宫女暗下】

【生】（妃子，朕想牵牛织女，隔断银河，一年才会得一度，这相思真非容易也。）【集贤宾】秋空夜永碧汉清，甫灵驾逢迎，奈天赐佳期刚半顷。耳边容易鸡鸣，云寒露冷，又趱上经年孤另。

【旦】（陛下言及双星别恨，使妾凄然。只可惜人间不知天上的事。如打听，决为了相思成病。）【做泪介】

【生】（呀！妃子为何掉下泪来？）

【旦】（妾想牛郎织女，虽则一年一见，却是地久天长。只恐陛下与妾的恩情，不能够似他长远？）

【生】（妃子说那里话！）【黄莺儿】仙偶纵长生，论尘缘也不惬争。百年好占风流胜逢时对景，增欢助情，怪伊底事翻悲哽？【移坐近旦低介】问双星：朝朝暮暮，争似我和卿！

【旦】（臣妾受恩深重，今夜有句话儿。）【住介】

【生】（妃子有话，但说不妨。）

【旦对生呜咽介】（妾蒙陛下宠眷，六宫无比；只怕日久思疏，不免白头之叹。）【莺簇一金罗】提起便心疼。念寒微，侍披庭，更衣傍辇多荣幸。瞬息间，怕花老春无剩，宠难凭。【牵生衣泣介】论恩情，若得一个久长时死也应！若得一个到头时死也瞑！抵多少平阳歌舞，恩移爱更；长门孤寂，魂销泪零，断肠枉泣红颜命！

【生举袖与旦拭泪介】（妃子休要伤感，朕与你的恩情，岂是等闲可比？）【簇御林】休心虑，免泪零，怕移时有变改。【执旦手介】做酥儿拌蜜胶粘定，总不离须臾顷。【合】话绵滕花迷月暗，分不得影和形。

【旦】（既蒙陛下如此情浓，趁此双星之下，乞赐盟约，以坚终始。）

【生】（朕和你焚香说誓去。）【携旦行介】【琥珀猫儿坠】【合】香肩斜靠，携手下阶行，一片明河当殿横。【旦】罗衣陡觉夜凉生。【生】惟应和你悄语低言，海誓山盟。【生上香揖同旦福介】（双星在上，我

170

李隆基与杨玉环）【旦合】（情重恩深，愿世世生生，
共为夫妇，永不相离；有渝此盟，双星鉴之！）【生又
揖介】在天愿为比翼鸟，【旦拜介】在地愿为连理枝。
【合】天长地久有时尽，此誓绵绵无绝期。
　　【旦拜谢生介】（深感陛下情重，今夕之盟，妾死
生守之矣。）【生携旦介】

《桃花扇》的作者孔尚任（1648—？），号东塘，又号云亭
山人，曲阜人，为孔子后裔。他擅长传奇，与洪昉思齐名，有
"南洪北孔"之称。他所作的《桃花扇》，共四十二出，叙述秦
淮名妓李香君及青年文士侯方域的恋爱。时福王自立于南京，权
臣马士英，想拿李香君送给要人田卿为妾。香君心恋方域，执意
不从，用扇子拒使者，倒地伤头，血溅扇上。后来杨文骢就拿这
把扇子，点染血迹，化成桃花，寄给侯方域。后清兵徇南京，国
破家亡，地老天荒之后，侯方域和李香君，居然久别重晤，乃携
手出家为僧尼。以这样作结束，余音袅袅，真有"曲终人不见，
江山数峰青"之慨，比《长生殿》的结束要好了；至于文笔秀丽
沉痛，可跟《长生殿》并美的。《桃花扇》以侯李情事为经，明
末南都遗事为纬，实在是一本空前的历史剧。据说书中各事，都
有来历：侯方域擅诗文，乃明末四公子之一，据《板桥杂记》香
君小名香扇坠；其他如偏安时代的政治荒废，党派倾轧，也是实
情。以酣畅淋漓悲歌慷慨的文字，表现亡国之感，儿女之情，把
红粉烟柳和铁马金戈相对照，令读者歔歠无已。孔尚任不愧是清
朝最杰出的传奇作手了。这里节录极哀感顽艳的《寄扇》一段：

　　【旦包帕病容上】【醉桃源】寒风料峭透冰绡，香
炉懒去烧。血痕一缕在眉梢，胭脂红让娇。孤影怯，

弱魂飘，春丝命一条。满楼霜月夜迢迢，天明恨不消。
【坐介】（奴家香君，一时无奈，用了苦肉之计，得遂全身之节。只是孤身只影，卧病空楼，冷帐寒衾，无人作伴，好生凄凉！）【北新水令】冻云残雪阻长桥，闭红楼冶游人少。栏干低雁字，帘幕挂冷条。炭冷香消，人瘦晚风峭。（奴家虽在青楼，那些花月欢场，从今罢却了。）【驻马听】绣户萧萧，鹦鹉呼茶声自巧。香闺悄悄，雪狸偎枕睡偏牢。榴裙裂破舞风腰，鸾鞾剪碎凌波韤。愁多病转饶，这妆楼再不许风情闹。（想起侯郎，匆匆避祸，不知流落何所，怎知奴家独住空楼，替他守节也！）【起唱介】【沉醉东风】记得一霎时娇歌兴扫，半夜里浓雨情抛。从桃叶渡头寻，向燕子矶边找，乱云山风高雁杳。那知道梅开有信，人去越遥，凭栏凝眺，把盈盈秋水酸风冻了。（可恨恶仆盈门，硬来娶俺，怎肯负了侯郎！）【雁儿落】欺负俺贱烟花薄命飘飘，倚着那丞相府忒骄傲。得保住这无瑕白玉身，免不得揉，碎如花貌。（最可怜妈妈替奴当灾，飘然竟去。）【指介】（你看床榻依然，归来何日？）【得胜令】恰便是桃片逐雪涛，柳絮儿随风飘。袖掩春图面，黄昏出汉朝。萧条，满被尘无人扫；寂寥，花开了独自瞧。（说到这里，不觉一阵酸心。）【折腰坐介】【乔牌儿】这肝肠似搅，泪点儿滴多少。也没个姊妹闲相邀，听那挂帘栊的钩自敲。（独坐无聊，不免取出侯郎诗扇，展看一回。）【取扇介】（哎呀！多被血点儿沾坏了，这怎么处？）【甜水令】你看疏疏密密，浓浓淡

淡，鲜血乱照。不是杜鹃抛，是脸上桃花，做红雨儿
飞落，一点点溅上冰绡。（侯郎，侯郎，这都是为你
来！）【折桂令】叫奴家揉开云髻，折损宫腰。睡昏昏
似妃葬坡平，血淋淋似妾堕楼高。怕旁人呼号，舍着俺
软丢答的灵魂没人招。银镜里朱霞残照，鸳枕上红泪春
潮，恨在心苗，愁在眉梢；洗了胭脂，浣了鲛绡。（一
时困倦起来，且在妆台盹睡片时。）【压扇睡介】

乾隆时代，有名家蒋士铨。蒋字心餘，江西铅山人。他是当
时一个大诗人，也是负盛誉的戏曲家。他所作，有《藏园九种
曲》，那是《香祖楼》《空谷香》《桂林霜》《一片石》《第二
碑》《临川梦》《雪中人》《冬青树》《四弦秋》等。以后有桂
馥的《后四声猿》，舒位的《瓶笙馆修箫谱》，也颇有名。然而
到了清末作曲者极少，佳构更难一见，音律谱调，也渐失传，于
是杂剧与传奇，同成广陵散了。

明清之间的戏剧，以昆曲为正宗；到晚清昆曲衰落，皮黄代
兴。皮黄原是"西皮""二黄"的合称。二黄之起，始于湖北的
黄冈、黄陂，所以又叫汉调。下传到安徽，称徽调。再传至北
京。北京的徽调优伶，组织安庆部，演唱戏剧，风靡京都。西皮
是起源于甘肃的西秦腔，也曾流行于北京。安庆部的名伶，以二
黄为基干，一方面吸取了西皮，一方面又吸取了当地的京腔，乃
改称三庆部。三庆部名伶辈出，上至帝皇贵族，下至贩夫走卒，
莫不倾倒于此。于是皮黄风行一时，称为京戏（平剧），无形中
成为国剧，盛况迄今不衰。皮黄戏的题材往往撷取旧小说中精彩
的一段，不像杂剧传奇的首尾俱全，而且说白唱词，都十分通
俗，怪不得能风行一时。不过在它的剧本中，很难发现美妙的文

学作品，至于后来流行的"海派"平剧，更不必说了。

　　弹词、鼓词、大鼓、滩簧等，大概都是一面唱一面伴以音乐，以娱听众的，介于说书与演剧之间。弹词前称南词，流行于南方，用的是弦乐，音调柔软，易以弹唱社会人情；所以弹词的题材，以才子佳人悲欢离合的故事为最多。鼓词前称北词，流行于北方，它用的乐器，是鼓和简片，音调刚强，适于表现英雄状态，所以鼓词多取材于《列国志》《三国志》等历史演义。南北作风的不同，比较弹词与鼓词，也可以知道了。大鼓与鼓词差不多，也流行于北方，它所用的乐器，在鼓、简片之外，还有一种弦索伴奏；大鼓后来受了皮黄的影响，取材于历史故事，也间采皮黄戏的唱词，于是骎骎直上。滩簧流行于江浙，起初用丝弦乐器和唱，原脱胎于昆曲；后却变成低级趣味的小戏，唱词也改变了。关于弹词、鼓词、大鼓、滩簧等，有文学价值的也不多，这里不再列举流行的本子了。

三　诗词

　　诗词大衰于元明，到清朝号称中兴。清朝的作家，虽然不能够在唐宋之外，另辟蹊径，然而比较明人专尚摹拟剽窃，要好得多。清初，在遗老中，有江左三大家，都是著名的诗人，诗词为当时权威。江左三大家是钱谦益、吴伟业、龚鼎孳，钱、吴两人更称老师。钱谦益，字受之，号牧斋，常熟人，以明遗臣而仕清，《清史稿》把他列入《贰臣传》中，盖贬其失节。他的诗文，有《初学》《有学》两集。其诗在明清之间，可称大作家。吴伟业，字骏公，号梅村，太仓人。明亡后虽被迫去仕，非其本志，旋即谢归。他的人格，似乎比钱谦益要高；而他的诗词，激楚慷慨，也较谦益为上。吴伟业最擅长的是叙事诗，像《圆圆曲》一篇，咏吴三桂、陈圆圆故事，虽然微嫌晦涩，但像"痛哭三军俱缟素，冲冠一怒为红颜"等句，敢直刺雄镇西南的吴三桂，而且不受馈金而改削，的确不愧"诗史"的徽号呢。这里录吴伟业的七律《过淮阴有感》一首：

> 登高怅望八公山，琪树丹崖未可攀。莫想《阴符》
> 遇黄石，好将《鸿宝》驻朱颜。浮生所欠只一死，尘世
> 无由识九还。我本淮王旧鸡犬，不随仙去落人间。

康熙乾隆两朝，是清朝的全盛时代。两帝稽古右文，笼络文人于殿下，使无从发抒其反抗的念头。同时文人厚蒙恩遇，也驯然从事典籍词章，免得以笔罹祸。所以当时文运勃兴。诗人的首班，当推王士禛（1634—1711）。王字贻上，号阮亭，又号渔洋山人，山东新城人。他在康熙朝，曾官至刑部尚书，位高望重，一时成为诗坛的领袖。他对于诗，主张"神韵说"，所谓神韵，是"心会神到，一片天机"，原是很抽象的。他不善长篇，提倡绝句，因为绝句言有穷而意无尽，深得神韵之妙。他在唐人中，又极力推崇王维，以王维的诗，与画、禅一致，神韵独富的。士禛自己所作的，在轻描淡写之中，有低徊不尽之味，确是神韵派的巨子。这里录他的诗两首：

灞桥寄内

> 太华终南万里遥，西来无处不魂销。闺中若问金钱
> 卜，秋雨秋风过灞桥。

秋　柳

娟娟凉露欲为霜，万缕千条拂玉塘。浦里青荷中妇镜，江干黄竹女儿箱。空怜板渚隋堤水，不见琅琊大道王。地下若逢陈后主，含情重问永丰坊。

诗的方面，和王士祯同时的，有朱彝尊、施闰章等。朱彝尊是一个多方面的作家，诗、词、金石均有名。朱彝尊（1629—1709），字锡鬯，号竹垞，浙江秀水人。他是一个纯粹的文学家，不像王士祯的热中，所以朱的终身，只是布衣。他的诗出入唐宋，与王士祯齐名，有"南朱北王"之称。他的词比诗写得更好，与陈维崧齐名。当时神韵派的诗，独霸文坛数十年，于是生出反动来。反动的第一声，是王士祯的甥婿赵执信（秋谷），作《谈龙录》，以纠正神韵派诗的虚无飘渺。次之，沈德潜（归愚）起，提倡格律，以药神韵派诗的抽象；王士祯崇王维而屏杜甫，沈归愚却独服膺杜甫，他的诗也有少陵伤感的遗意。

在乾隆时，又有所谓三大家出，这三大家是袁枚、蒋士铨、赵翼，也是神韵诗的反动。三家中以袁枚称最。袁枚（1716—1797），字子才，号随园，又号简斋，钱塘人。他放情声色，好游山水，被人讥为无行。他对于诗，主张"性灵"，反对王士祯的神韵，也反对沈德潜的格律。他说："诗者，人之性情也，性情之外无诗。"可见是极崇自然的。蒋士铨，字心馀，又字苕生，铅山人。他的诗多咏忠孝节烈之事，慷慨激昂，使人流泪。赵翼，字瓯北，阳湖人。蒋、赵两人不单以诗名；蒋是戏曲作家，赵是历史学者，作诗都是其余事呢。

其后以诗名者，大兴有舒位，秀水有王昙，昭文有孙原湘，这三个人，世称三君。四川有张问陶，常州有黄景仁、洪亮吉，江西有曾燠，浙中有吴锡麒、郭麟。而岭南有张锦芳、黄丹书、黎简、吕坚，称四大家。其中如舒位、孙原湘、黎简三家尤称特出；但为近人所最爱讽诵的，则推黄景仁。黄景仁，字仲则，是清代的一个薄命诗人，年仅三十五岁而卒。他的诗凄楚悲怆，简直犹如"咽露秋虫，舞风病鹤"，记情之作，尤擅丰姿。这里录《绮怀》两首：

> 几回花下坐吹箫，银汉红墙入望遥。似此星辰非昨夜，为谁风露立中宵？缠绵恩尽抽残茧，宛转心伤剥后蕉。三五年时三五月，可怜杯酒不曾消！

> 露槛星房各悄然，江湖秋枕当游仙。有情皓月怜孤影，无赖闲花照独眠。结束铅华归少作，屏除丝竹入中年。茫茫来日愁如海，寄语羲和快着鞭。

道咸以后，文人渐崇宋诗；位高望重的曾国藩，提倡于上，宋诗更流行一时。然而宋诗生涩无余味，名家之作，类多不可诵。对于宋诗的反动，有王闿运（壬秋），诗宗盛唐，驰誉湘中。然而从王闿运以下，风格渐靡。宋诗尚有陈三立、陈衍、郑孝胥等作家，而唐诗如易顺鼎、樊增祥辈，以淫靡称效法晚唐，则更不如了。晚清只有两个创造的诗人，一是咸同时代的金和，一是同光时代的黄遵宪。金和，字亚匏，南京人。生长于洪、杨之后，身丁乱离，所作多纪当时事变，凄楚感喟，论者比之杜少陵。如他的名作《兰陵女儿行》，描写洪杨时一女子被清将所掳事，于当时官军横行民间的情形，并不稍讳。这是一首长诗，兹录女子自述被劫一段：

> 顾身屹以立，玉貌惨不温，敛袖向众客："来此堂

177

者皆高轩，我亦非化外，从头听我分明言。我是兰陵宦家女，世乱人情多险阻，一母而两兄，村舍聊僻处。前者冰畦自灌蔬，将军过之屡延伫；提瓮还家急闭门，曾无一字相尔汝。昨来两材官，金币溢筐筥，谓有赤绳系，我母昔口许，兹用打桨迎，期近慎勿拒。我兄稍谁何，大声震柱础；露刃数十辈，狼虎纷伴侣；一呼遽坌集，户外骇行旅。其势殊江江，奋飞难远举。我如不偕来，尽室惊魂无死所；我今已偕来，要问将军此何语？"

黄遵宪，字公度，广东嘉应人。他曾奉使日美诸国，见闻广博，受新思想很深。作诗也不遵旧法，常以眼前中外事物入诗，其境地为前人所未辟的。这里录记事一首，是描写美国总统竞选的情形：

某日戏马台，广场千人设，纵横乌皮几，上下若梯级。华灯千万枝，光照绣帏澈。登场一酒胡，运转广长舌。盘盘黄须虬，闪闪碧眼鹘。开口如悬河，滚滚浪不渴。笑激屋瓦飞，怒轰庭柱裂。有时应者者，有时呼咄咄。掌心发雷声，拍拍齐击节。最后手高举，明示党议决。

词的方面，清朝第一词人，当推纳兰性德。纳兰性德（1655—1685），原名成德，字容若，满洲正黄旗人，为大学士明珠之子。他虽是贵族出身，却不爱荣华，多愁善感，和黄景仁一样的早夭。他的词有李后主的遗意，有的哀怨，有的自然，其《饮水》《侧帽》两词集，真可和北宋人比肩的。这里举《太常引》（《自题小照》）一阕：

晚来风起撼花铃，人在碧山亭。愁里不堪听，那更
杂泉声雨声。　　无凭踪迹，无聊心绪，谁说与多情？
梦也不分明。又何必催教梦醒！

清词号称极盛，有所谓前后七家（或称十家）。前七家即指
纳兰性德、王士禛、顾贞观、宋徵舆、钱芳标、彭孙遹、沈丰垣
七人，加李雯、沈谦、陈维崧称前十家。除陈维崧另述于后外，
下面举前七家中顾贞观的词一首。这首词和另一首，原是文士吴
兆骞得罪戍宁古塔，顾作这词寄之，为纳兰性德所见，感动泣
下，因求父设法赦回。纳兰父为大学士明珠，自然易如反掌的。

金缕曲　顾贞观

季子平安否？便归来，平生万事，那堪回首！行路
悠悠谁慰藉？母老家贫子幼。记不起从前杯酒，魑魅捉
人应见惯，总输他覆雨翻云手。冰与雪，周旋久，泪痕
莫滴牛衣透；数天涯依然骨肉，几家能够？比似红颜多
命薄，更不如今还有，只绝塞苦寒难受。廿载包胥承一
诺，盼乌头马角终相救。置此札，只怀袖。

陈维崧与朱彝尊齐名，两家的词合刊，号称《朱陈村词》，
同时作家，除纳兰性德以外，所谓前七家，俱不及朱、陈。朱彝
尊的词宗南宋，虽微嫌雕斫，但清丽婉约，不愧一大作手。陈维
崧，字其年，号迦陵，宜兴人。他的词豪放雄伟，接近苏、辛一
派，和婉约的朱彝尊正成绝妙对照。这里举朱、陈的词各一首以
见作风：

庆春泽（纪恨）　朱彝尊

桥影流虹，湖光映雪，翠帘不卷春深。一寸横波，
断肠人在楼阴。游丝不系羊车住，倩何人传语青禽？最

难禁，倚遍雕栏，梦遍罗衾。　　重来已是朝云散，怅明珠佩冷，紫玉烟沉。前度桃花，依然开满江浔。钟情怕到相思路，盼长堤，草尽红心。动愁吟，碧落黄泉，两处谁寻！

满江红（博浪城）　陈维崧

铅筑无成，不信道英雄竟死！犹有客弃家破产，东方求力士。太息已看秦帝矣，悲歌只念韩亡耳。道旁观，谁道："祖龙耶，妄男子！"狙击处，悲风起；大索罢，浮云逝。叹事虽不就，波腾海沸。嬴政关河空宿草，刘郎宫寝成荒垒。只千年，还响子房椎，奸雄悸。

乾隆以后，作词者遂分浙西、常州两大派。浙西派以朱彝尊开其先路，以厉鹗（樊榭）为其领袖。厉鹗的词，和朱彝尊一样，宗法南宋，把姜夔、张炎当作目标；于是浙西派的词，其优点在超然物外，清冷秀丽，其弊则在堆砌雕斫。常州派领袖为张惠言、张琦兄弟，其同志有周济、姚燮、黄景仁等。张惠言论词，以深美闳约为旨，尊周美成，薄姜、张，视苏、辛为别派。结果常州派的词，只有形式，而无实质。然而嘉庆以后，作词的文士，往往出于常州之门，于是常州派较浙西派为盛。这里录张惠言的《水调歌头》一首：

东风无一事，妆出万重花。闲来阅遍花影，唯有月钩斜。我有江南铁笛，要倚一枝香雪，吹彻玉城霞。清影渺难印，飞絮满天涯。　　飘然去，吾与汝，泛云槎。东皇一笑相语，芳意落谁家？难道春花开落，又是春风来去，便了却韶华？花外春来路，芳草不曾遮。

这其间作词的人，有所谓后七家（或作后十家）。后七家者，指项鸿祚、蒋春霖、许宗衡、蒋敦复、龚自珍、王锡、周济，加张惠言、张琦、姚燮称十家，与前十家遥遥相对。张惠言等常州派词，已述于前，其余诸家中，以项鸿祚、蒋春霖称最。项鸿祚是浙西派的后起之秀，其《忆云词》回肠荡气，如不胜情，有姜、张的幽秀。蒋春霖兼擅诗词，沉雄闲雅，和项鸿祚两人，不愧作清朝词学中兴的殿军。

四 文

清朝的文章，实无可称。一般学者文士，大都潜心于考证，汉学大盛，而文章浸衰。那些汉学大师所作的文章，纯粹是学术文，素朴无华，全是以立意为本，不以能文为宗的。至于所谓能文之士，古文则脱不出唐宋八大家的范围；骈俪文也不过学步唐宋四六，不足跟六朝比肩。所以清文的作家虽多，然而在文学史上有地位的，却寥寥无几呢。

清朝的古文作家，先有所谓桐城派。桐城派最早的作家是方苞。方苞，字灵皋，号望溪，桐城人。他是一个文士，和当时的汉学大师，并不投合；相反地，他倒近于宋学一派，和理学家李光地相交接。因此他的言行，全像道学先生一样的拘谨。他的文章，非阐道、翼教、有关人伦风化不苟作，纯粹是文以载道的。内容既是载道，形式上则严于义法；道与义法，都是抽象的东西，因此桐城派的文章，板实绝无感情，故作控抑纵送之貌以自熹。方苞是其尤者。试录他的《游雁荡记》一篇，他在游观之中还不忘道呢！

癸亥仲秋望前一日，入雁山。越二日而反。鲍甥孔巡曰："盍记之？"余曰：兹山不可记也。永柳诸山，乃荒陬中一邱一壑，故子厚得曲尽其形容。若兹山，则浙东西山海所蟠结，幽奇险峭，殊形诡状者，实大且多，欲雕绘而求其肖似，则山容壁色，乃号为名山者之所同，无以别其为兹山之岩壑也。而余之独得于兹山者，则有二焉：前此所见，如皖桐之浮山，金陵之摄山，临安之飞来峰，其崖洞非不秀美也，而愚僧多凿为仙佛之貌相，俗士自镌名字及其诗辞，如疮痏蹷然而入人目；而兹山独完其太古之容色，以至于今。盖壁立千仞，不可攀援；又所处僻远，富贵有力者无因而至，即至亦不能久留，构架鸠工以自标揭；所以终不辱于愚僧俗士之剥凿也。又凡山川之明媚者，能使游者欣然而乐，而兹山岩深壁削，仰而欢，俯而视者，严恭静正之心不觉其自动。盖至此则万感绝，百虑冥，而吾之本心乃与天地之精神一相接焉。察于此二者，则吾人安身涉世之学，成己成物之道，俱可得而见矣。

方苞虽然是桐城文之祖，而桐城之名，是从姚鼐成立的。姚鼐，字姬传，桐城人。他曾学古文法于同里刘大櫆，刘氏原是方苞的门人，因此他是方苞的嫡派。姚鼐的功绩不在著作，而在选《古文辞类纂》一书，以作为桐城派所崇仰的文章。他在序中这样说："凡文之体类十三，而所以为文者八：曰神，理，气，味，格，律，声，色。神理气味者，文之精也；格律声色者，文之粗也；然苟舍其粗，则精者亦胡以寓焉。学者之于古人，必始而遇其粗，中而遇其精，终则御其精者而遗其粗者。文士之效法古人莫善于退之，尽变古人之形貌，虽有摹拟，不可得而寻其迹也。其他虽工于学古，而迹不能忘，扬子云、柳子厚，于斯盖尤甚焉。以其形貌之过于似古人也，而遽摈之，谓不足与于文章之事，则过矣。然遂谓非学者之一病，则不可也。"可惜所谓神理气味格律声色，又是抽象的东西；即悬此鹄的，桐城文可能及到几许，也还是疑问呢。

比桐城派发生稍晚，而和他相颉颃的，有阳湖派文。阳湖为今常州，当时文风极盛。恽敬（子居）、张惠言（皋文）善作古文，世称阳湖派。桐城文和阳湖文，对峙于清中叶，其实却并没有什么不同。源流同出于一，内容载道，形式务控抑纵送，也是一样的。所以有两派分别者，不外地域关系和宗法主义罢了。或谓桐城为儒者之文，阳湖为策士之文，也是就面貌而言的。

阳湖文从开头就不及桐城之盛。到了晚清，位高望重的曾国藩，更称为文私淑桐城，桐城得巨公揪引，顿时身价百倍。然而就在那时，桐城、阳湖两派文章，已到强弩之末；义法越讲越精，模仿古人只得其貌；庸肤呆滞，一无可诵。章学诚在《文史通义》里，早有"古文十弊"之说，所以不必待白话文之兴，古文已经在没落中了。

再说清代的骈文作者，也并不少。要而论之：清初可举陈维崧，中叶以后，胡天游、洪亮吉、汪中，并称大家，清末则以王闿运作殿军。陈维崧原是豪放派的词家，和朱彝尊并称，然而他对于骈俪文，有着极大的爱好。骈俪文中的四六，在唐宋尚可与古文争一席地。元明两朝，通俗文学大盛，古文衰而骈俪文同告不振。陈维崧重又提倡，起元明之衰，导清朝骈俪文的先河，可说是骈俪文中兴的功臣。然而这种与时代逆流的文学，即使中兴，有几许价值呢？

胡天游，字稚威，号云持，浙江山阴人。他的骈文，雄健豪迈，极富有散文的气息。洪亮吉，字稚存，号北江，阳湖人，他为人刚直豪爽，而所作骈俪文，轻倩清新，以秀逸见长，深有六朝人风味。汪中，字容甫，江苏仪征人，他的生平，坎坷而不得志，一种悒郁之气，托于文章里，如他的骈文《吊祢衡文》，沉雄博丽，足见一斑。有此中叶三家，清代的骈俪文，生色不少。其余诸子，不过侈陈典故以自炫，有同"点鬼""獭祭"，不足一述。总之，清代的散文和骈文，"夕阳无限好，只是近黄昏"，虽有名家，也不过以酷似前代见长罢了。

有清一代的文章家，可以王闿运作结束。王闿运，字壬秋，湘潭人。他的诗文学术，均极有名。其骈文宗法六朝，以庾信为范，也颇神似。然而到王闿运以后，骈俪文遂成绝响。这里录他的《到广州与妇书》中末段，以见作风：

> 吾乡游宦士大夫，多怀归思；亦有强壮，无瘴而夭。柳生夏凋，翁君冬亡，虽会冥数，诚可悲惧也。容兄以卑官居韶，十口饥寒；其妻与妾居，比肩钧敌，呼嫡子为儿，视所生如奴。山农新取南女，以为继妻。此女矜其华年，轻鄙老夫，动即叫骂，坐必偃蹇；同之南海，便褰裳而去，独坐夷船，还其母家。虽冯敬通之悍妻，贾公闾之妒妇，以今方古，未足云奇；亦近世之新闻，女史之一鉴也。夫阴教不修，夫妻同过；但责女德，岂足云乎！想卿闻斯，达此谊也。吾好为远游，何必乐土？优游自如，身心无患。比读庄生之文，悟其元旨，知物论生于是非，生死累于形骸，颇欲逍遥以化成

亏，何觉哀乐之殊境，离合之异轨乎？惟恐淑子独处幽
忧，聊书所经，以为笑噱。冬寒日轻，春物方妍，起坐
眠食勉当自慎。时复手书，以慰劳勤！

第九章　古文学的结束

鸦片战争的结果，中英缔结《南京条约》，时在清朝中叶后一八四二年。这一次欧洲帝国主义者要求通商，以巨舰重炮强迫中国开关，在中国历史上，是一件划时代的事情。从那时以后，中国的文化起了转变，新的文化，在酝酿之中。

就文学而言，中国文学的各部门，如诗、词、文、曲、小说，到清朝都已齐备。它们起初原是民众的，然而越发展离民众越远，只为贵族文士学人所专利，无与于一般民众。像小说中最通俗的章回小说，也只在小市民层间流行；而流行的往往是武侠、神怪、淫猥的作品，毫无文学价值。文学和民众，背道而驰，失之千里。所以本书所述的文学，在今日看来，不能不谥之曰古文学；虽然它们的价值，我们是承认的，不以今古而异。然以今人而仍旧从事古文学，这是心劳日拙的事，新文学的发生，以应今人的需要，是当然的了。

当新文学萌芽之日，即古文学崩溃之时，要追溯其渊源，我们不能不推晚清的诸大师。维新要角梁启超，首作报章杂志文，风靡一时。同时，严复翻译西洋社会科学、自然科学、哲学等巨著，以西洋思想飨阅者。林纾翻译欧美小说，多至一百五十种，虽然大多是二三流的作品，然而令人窥见西洋文学的形廓，也是极大的功绩。外国文化频频输入，古文学的根基，更形动摇。

辛亥革命后，民国成立。但这时候国体虽更，积习未除，封建势力犹盛。因此，古文学既和民众关系久断，并受西洋文化震撼，尚能守其最后的壁垒。然而到了第一次世界大战时，中国的民族资本开始抬头，对封建势力发生剧烈的冲突，于是有"五四运动"。在这新文化运动的时候，新文学首先如狂飙突起，要求"人的文学"，要求"国民文学"，要求小市民所能够欣赏能够创作的文学。新文学有着社会的背景，自然很容易的扩张了它的地盘；贵族的古文学，乃寿终正寝。这里述古文学各部门最后的几个作者，以作结束。

先言文：作骈俪文者，以遗老王闿运，最为老师。仪征刘师培，字申叔，为汪容甫的同乡后辈，其擅长骈文和古学，和容甫相似。兴化李详，字审言，以汪容甫自况，遭迍不遇也似之。清朝的骈俪文，原盛于仪征一派，到此余音袅袅，续而复断，终于绝响。散文则桐城一派，在清末还把持着文坛，吴汝纶为后劲，林纾、马其昶、姚永概承其一脉。然而林纾用古文翻译的小说，除开第一流作家的少数几种外，已渐为人所厌弃；马其昶、姚永概自从被斥于京师大学（北京大学）后，桐城文的势力，也已完毕了。

次言诗：清末国初，作诗者以宋的江西诗派为宗，枯涩深微，卓然成家。义宁陈三立（散原老人），闽县郑孝胥（苏戡），两老齐名。侯官陈衍（石遗），也作宋诗，善为诗论，对于散原、苏戡，深致推崇。这几个人的门下颇盛，直到今日，在诗坛还有一部分势力，与新体诗相颉颃。宋诗以外，恩施樊增祥，龙阳易顺鼎（哭盦），宗法晚唐，诗称绮丽，然而气格极卑，滥用典故，不及宋诗一派远甚，樊、易既卒，这一派诗，也只在征歌捧角的小报上觅地盘了。

次言词：常州词派，盛于晚清，以临桂王鹏运（半塘）为领袖。鹏运死，推归安朱祖谋（古微），临桂况周颐（蕙笙）为词宗。朱祖谋对于词，创作之功，不及整理，曾校刻《彊村丛书》，包含唐、五代、宋、金、元词总集四种，别集一百六十八家，实为空前的。况周颐的词，高超绵密，上追白石，确为一大作家。朱、况两氏，旋亦老死，词道更衰。

次言曲：曲到晚清，衰颓已极，杂剧传奇，即有作者，也十分稀见。然而治曲的学者颇多。海宁王国维（静安），有《宋元戏曲史》，世称伟著。长洲吴梅（瞿安），终身治曲学，校刻《奢摩他室曲丛》，凡一百五十种，分散曲、杂剧、传奇三类，蔚为巨观，和《彊村丛书》允称双璧！吴梅门人，有任讷、卢前等，然而曲学虽盛，作曲已如广陵散了。

末言小说：小说的作者，一脉相传，每况愈下。短篇的笔记小说，题材、结构，形同公式，文字更无足观；千篇一律，都是模仿《聊斋志异》。长篇小说，所流行的作品，为黑幕，为妓女，为武侠，陈陈相因，也谈不到创作。于是所谓鸳鸯蝴蝶派，成为小说的结束。

本书所述，上起先秦，下迄清末，到这里为止。读完本书，对于历代的文学，谅来总有一个鸟瞰的影象。至于关于新文学的发生、源流、派别，另有《中国新文学史讲话》，和本书为姊妹篇，这里便不再提及了。